「必ず無事に戻ると約束いたします」
「……フィオナの下《もと》へだろう？」
「貴方の下へ、です」

Contents

悪役令嬢のお気に入り　王子……邪魔っ2

プロローグ

よりよい未来のために

かつて、別の大陸から魔物を率いた魔族が攻め込んできた。その脅威に立ち向かったのが、大陸に存在する小さな国々の兵を纏《まと》めた連合軍である。

魔精霊に愛された姫の指揮の下、剣精霊に愛された姫が先陣を切る。彼女らは多くの仲間達と共に戦場を駆け抜け、度重なる激戦の末に魔族の軍を撃退した。

魔精霊に愛された姫は賢姫《けんひ》と呼ばれ、リゼル国を建国した。また剣精霊に愛された姫は剣姫《けんひ》と呼ばれ、レムリア国を建国する。こうして、大陸は二つの国に二分されることとなる。

それがおよそ300年前の出来事だ。

建国の女王らが統治していた時代は戦友として。その後もよき隣人として交流は続いていたが、時の流れと共に少しずつ距離は離れていく。

――そしていま、レムリアの王城にある図書館のキャレルでは、愛らしい少女が教育係から勉強を教えてもらっていた。

教え子はフィオナ。

先日十四の誕生日を迎えたばかりなので幼い容姿をしているが、この国の次期女王と目《もく》される王女であり、剣の精霊の寵愛《ちょうあい》を受けた当代の剣姫でもある。

対して、教育係はアイリス。

今年で十九歳。リゼル国の賢姫でありながら国を出奔《しゅっぽん》し、いまはフィオナの教育係という役職に就いている、プラチナブロンドの髪を持つ美しい少女だ。

愛らしい教え子に勉強を教えながら、アイリスは憂《うれ》いを帯びた顔をする。

アイリスには秘密がある。

前世の記憶を持っているというとびっきりの秘密だ。

それも遠い昔の誰かの記憶ではない。いまこの瞬間、この時代を生きている。レムリア国の剣姫にして次期女王、教え子であるフィオナとしての記憶である。

前世の人生はとても酷いものだった。

現国王であるお爺様が身罷《みまか》られ、干ばつや魔物の襲撃によって両親を失い、国は荒れ、フィオナは中継ぎの王となった従兄《いとこ》に追放されてしまう。

その上、流れ着いた隠れ里では、魔物の襲撃を受けて短い人生に幕を下ろすことになる。

アイリスが前世の故郷に戻ったのは、その悲惨な歴史を書き換えるためだ。

前世で得た技術と未来の記憶。それに賢姫として培った様々な知識を駆使してフィオナの教育係という地位を手に入れたアイリスは、実際にいくつかの運命を打ち破った。

一つは、クラリッサという名のメイドの命を救ったこと。アルヴィン王子の腹心ともいえる人物ではあるが、同時にフィオナのことを心から心配している人物でもあった。

なにより、クラリッサはアイリスが保護した子供達の教育を請け負ってくれている。善良な人間であると同時に有能でもある。彼女を救ったことに後悔はない。

続いて二つ目は、干ばつの被害を最小限に抑えたことだ。

それによって多くの餓死者が出るのを防ぐと同時に、リゼル国との関係悪化を防ぐことが出来た。レムリアが荒れる原因の一つを取り除いたといえるだろう。

続いて三つ目、フィオナとグラニス王の暗殺を防いだことだ。

フィオナの危機を未然に防ぎ、グラニス王が毒殺される未来を回避した。これによって、レムリア国の歴史は大きく変わっていくだろう。

だが、残っている問題もいくつか存在する。

まずは、アルヴィン王子の存在だ。

アイリスは彼の取り扱いに一番困っている。なぜか毎回ちょっかいを掛けてきて、アイリスはそのたびに邪険に扱っている。にもかかわらず、彼は懲《こ》りずにアイリスと関わろうとするのだ。

特に問題なのは、その彼が前世ではフィオナを追放していることだ。

アイリスは彼が裏切り者で、だからフィオナは追放されたのだと思っていた。だが、フィオナやグラニス王の暗殺計画にアルヴィン王子は関わっていなかった。

むしろ、味方としてフィオナやグラニス王を護《まも》ろうとしていたことは間違いない。

アルヴィン王子がフィオナを追放したのには事情があるのかもしれない。少なくとも、フィオナに直接的な危害を加えるつもりはないようだ。

——というのが、アイリスの最近の認識である。

加えて、フィオナの祖父でもある現国王が、フィオナは次期女王に相応《ふさわ》しくないとアイリスにほのめかした。これも、フィオナの追放には事情があるとアイリスが思っている理由の一つだ。

つまり、グラニス王が身罷った後、アルヴィン王子がその意志を継いだ可能性である。

そうなってくると、事情は変わってくる。アイリスの望みは、前世の自分と呼べるフィオナの幸せとこの国の繁栄であって、フィオナを女王にすること自体ではないからだ。

どちらにせよ、王が元気なうちは、アルヴィン王子が動く可能性は低い。

そんなわけでアルヴィン王子のことは保留。

残っている目下の問題は一つ。

レムリアと隠れ里に降りかかる魔物の襲撃への対処である。

隠れ里への襲撃まではまだ四年ほどの猶予があるが、レムリアが襲撃を受けるのは干ばつによる飢饉から立ち直ろうとした時期、つまりは半年も猶予がない。

とはいえ、本当ならそこまで神経質になる問題ではない、はずだ。

前世の記憶によると、襲撃があったのは飢饉で国が疲弊《ひへい》していた時期。それでもなお被害が出たのはわずか。万全の状態であれば、被害は最小限にとどまるはずだからだ。

（ですが、なんだか引っかかるんですよね）

前世の記憶と、アイリスがこの国に来てから知った事実には結構な差異がある。最初は歴史が変わっているだけだと思っていたのだが、最近そうではない可能性に行き当たった。歴史が変わっているわけではなく、フィオナだけが事実を知らされていなかった可能性だ。

未熟なフィオナには真実が伝えられなかった。

だから、アイリスの見聞きする被害が、前世の記憶よりも大きくなっている。そう考えるといろいろと辻褄《つじつま》が合うため、魔物の襲撃についても想定より被害が大きい可能性がある。

あくまでも可能性の話だが、最悪を考えれば早期の対策が望まれる。

アイリスの考える、襲撃に備えるために必要なことは三つ。

一、自分が隠れ里へ赴《おもむ》き、前世の力を取り戻すこと。

二、薬草園を造り、強力な回復薬であるポーションを製造すること。

三、魔物の襲撃を各位に警告し、事前に準備をしておくこと。

一と二はアルヴィン王子と交渉中で、許可が下りれば同時に進行が可能だ。

だが三つ目はもう少し準備が必要だ。根拠もなく半年後に襲撃があると言っても信じてもらえない。根拠のない警告は騒乱の元だと非難される可能性すらある。

ゆえにアイリスはいままで、自分に予知能力じみた先見の明があるとほのめかしてきた。その努力が実るのも、そう遠い未来ではないだろう。

というわけで、おおよその問題は解決の見通しが立っているのだが……最後に一つ、大きな問題が残っている。その最後の一つは——と、歴史の教科書に視線を落とした。

それからアイリスの出した課題をこなしているフィオナへと視線を向ける。

「フィオナ王女殿下はレガリア公爵家のことをどこまでご存じですか？」

「ふえ？　レガリア公爵家は、初代剣姫の末裔《まつえい》って言われてる一族だよね。この国の王は世襲制だから、レムリアの家系も初代剣姫の血を引いているんだけど……あれ？」

フィオナが可愛らしく小首を傾げる。

レムリア王家もレガリア公爵家も初代剣姫の血筋——なのに、レガリア公爵家が初代剣姫の末裔と言われている理由までは覚えていなかったらしい。

アイリスは背後に控えている使用人の卵、ネイトとイヴに視線を向ける。

「貴方《あなた》達は分かるかしら？」

「えっと……まず、初代剣姫のご子息が王位を継承したんですよね？」

まずはネイトが答え、その後を引き継ぐようにイヴが声を発する。

「——それで初代剣姫が崩御《ほうぎょ》なさった後、末のご息女が二代目の剣姫になりました。その二代目剣姫の家系が初代剣姫の末裔だって言われています」

疑問形のネイトに対して、イヴはハキハキと答えた。兄に対して妹のイヴは一つ年下なのだが、暗記力に関しては妹のほうが高いようだ。

「その通りです。王位は世襲制、そして後を継ぐのは長男である。そんな慣例に従って次期国王が決まるのは自然の流れでした。ですが——」

初代剣姫が亡き後、初代剣姫を加護していた精霊アストリアは初代剣姫の末娘に加護を与えた。正当な王位継承者はその末娘ではないか、という話が立ち上がる。

このままでは王位を巡って国が荒れることとなる。

その対策として、王家と剣姫の一族を切り離すことにした。二代目剣姫には初代剣姫の末裔として、レガリア公爵という地位を与えたのだ。

「二人とも、よく覚えていましたね」

いい子いい子と二人の頭を撫でつける。

年相応に喜ぶ二人を横目に、フィオナが悔しげな顔をしている。だからアイリスは「フィオナ王女殿下も要点はしっかり覚えていましたね」と、その頭を撫でつけた。

「えへへ。でも、次は二人にも負けないように頑張る！」

ちょっと照れくさそうに笑って機嫌を取り戻し、それから二人に対抗意識を燃やす。その姿はまさにアイリスの思惑通りである。

ネイトとイヴは平民の子供。要するに、つい最近まで教養なんてないに等しくて、歴史については言わずもがなだ。そんな二人が答えを知っていたのは、アイリスが授業前に「ところで、レガリア公爵家を知っていますか？」と二人に教えた結果である。

つまり――フィオナはチョロ可愛いと、アイリスは微笑んだ。そんなアイリスの内心を知らないフィオナはコテンと首を傾げる。

「アイリス先生、アストリアは血筋で守護する相手を選ぶわけじゃないよね？」

「そうですね。それにアストリア以外の剣精霊から加護を受けた者が剣姫として認定されたこともあります。この辺りは政治的な理由が大きいですね」

アストリアから加護を受けているフィオナもまた、初代剣姫の血筋ではある。が、歴史的に見ると、血筋以外の人間が選ばれることも珍しくない。

実際、アイリスは初代賢姫とは関係のない家の生まれである。

「じゃあレガリア公爵家がいまでも剣姫の末裔だと言われているのはどうして？」

「……いいところに気付きましたね」

王家もレガリア公爵家も、どちらも正当な初代剣姫の血筋である。そして、二代目剣姫は初代剣姫の娘だが、その後は血筋と関係なく剣姫が選ばれている。

「レガリア公爵家がその権威を失墜《しっつい》させた時代もたしかにありました。ですが、ある時期を境に騎士の家系として己を磨《みが》き、精霊の加護を得る者を何人も輩出しているんです」

ゆえに、いまでもレガリア公爵家は初代剣姫の末裔として認識されている。

「騎士……じゃあじゃあ、今度城に来るっていうリリエラも強いの？」

リリエラとはレガリア公爵家の娘で、前世で王位に就いたアルヴィンと結ばれた女性。普通に考えれば、フィオナを追放したことにも関わっていることになる。

「ええ、まぁ……おそらくはそのはずです」

「わあ、じゃあ……楽しみだよ！」

脳筋筆頭の剣姫、フィオナがにへらっと相好《そうごう》を崩す。

だが実際のところ、アイリスは前世を通してもリリエラの実力を知らない。ただ、フィオナが追放された後、アルヴィン王子と結婚しているので手強いのは間違いない。

いろいろな意味で。

でもって、そのリリエラが王城に現れるのは魔物の襲撃による被害が出始めた時期だ。つまりは、こちらもあまり時間がない。

彼女が登城するまでに他の問題を片付ける。そのためにも早く隠れ里へ向かう必要があるのだが……なかなか外出の許可が下りない。

催促するべきか——というのがアイリスの現状抱えている悩みである。

もちろん、他にも抱えている問題はある。たとえば、父であるアイスフィールド公爵から、レムリアに肩入れしすぎだという忠告の手紙が届いている。

アイリスはいまでもリゼル国の公爵令嬢という立場である。いくら賢姫として自由が与えられているとしても、やりすぎれば周囲を敵に回す、という意味である。

そういったもろもろの問題を片付けつつ、フィオナを本当の意味で救う必要がある。そんなふうに考えながら、アイリスはフィオナへの授業を再開させた。

数日経《た》ったある日。

その日のアイリスは、アルヴィン王子を前に珍しくはしゃいでいた。

王と王女を救った褒美として所望した、薬草園の設備がついに完成したからだ。

場所は王城にある中庭の片隅で、薬草園にしてはかなりの規模。屋根や日光の当たる一面には二重のガラス窓が張られている温室仕様である。

内部も豪華で、薬草を植える花壇は段々になっている。魔導具によって汲《く》み上げられた井戸水が一番上から流れ落ちていく造りで、さながら聖域のような神秘性がある。

もっとも、いまはまだなにも植えられていないので、すべてはこれからである。

「素敵です。わたくしの注文した通りに造ってくださったんですね。この薬草園をわたくしの好きにしてよろしいのですか?」

「もちろんだ。これはおまえの薬草園だからな。ただ、なにかあれば報告は俺にして欲しい。というのも、いまのおまえは所属がややこしいからだ」

「たしかに、いろいろと介入していますからね」

フィオナやグラニス王の命を救ったり、その黒幕の逮捕に協力したのは成り行きだ。無論、功績を考えれば決して成り行きと言えるような出来事ではないがそれはさておき。

だが、リゼル国の元王太子・ザカリーのやらかしで国際問題に発展しそうになったのを仲裁したり、農水大臣に協力してこの国の治水に改革を起こしたりしたのは、決して成り行きとは言えない。

もはや、家庭教師という言葉の意味が揺らぐレベルである。

「そうなると、アイリスの所属はどこにあるのかという話になる。ゆえに、いまのおまえは俺に雇われていて、フィオナの家庭教師を任されている、ということになった」

「いまの状況が明文化された、というわけですね」

「その通りだ。それゆえ、報告は定期的にして欲しい」

「かしこまりました。どのくらい詳細に報告すべきですか？」

「おまえの負担にならないレベルで可能な限りだ。基本的におまえのことは信じているが、雇い主としては状況を把握しておく必要があるからな」

思わず頬が緩みそうになり、アイリスは慌てて表情を引き締めた。

「そんな顔をするな。おまえの手柄を奪うつもりもないし、邪魔するつもりもない。だが、なにか問題があったとき、俺という防波堤があったほうが安心だろ？」

アルヴィン王子が補足する。彼が誤解していることに気付いたアイリスは、そのしなやかな指先をピッとアルヴィン王子の口元に突きつけた。

「分かっています。上司となる人間が、報告を求めるのは当然ではありませんか。わたくしはただ、その当たり前が嬉しいと、そう思っただけです」

「……おまえ、リゼルでどのような扱いを受けていたのだ？」

「もう忘れました」

明後日のほうを向いてツーンと言い放つ。続けて、アイリスは後ろ手に手を組んでクルリと身を翻《ひるがえ》した。笑みを浮かべたアイリスは、前屈みになってアルヴィン王子を見上げる。

「薬草園、ありがとうございます。王子はなかなかやりますねっ」

「お、おう……」

いつになく無邪気なアイリスに、アルヴィン王子がガラにもなく照れている。王子のファンである乙女が目にすれば黄色い声が上がりそうだが、アイリスは花壇に夢中で駆け寄った。

「ふふっ。わたくしがお願いしていたよりも大きいですね。これなら余裕を持ってユグドラシルも育てることが出来そうです」

ニコニコと上機嫌のアイリスが愛らしい。そんなふうに眺めていたアルヴィン王子だが、彼女の何気ない言葉に疑問を抱いて首を捻《ひね》った。

「ちょっと待て、アイリス。おまえいま、ユグドラシルを育てるとか言わなかったか？」

「言いましたよ？　ユグドラシルの葉はとても上質なポーションの材料になりますから」

「いや、なりますから……ではないだろう」

ユグドラシル。それは伝承にある秘薬の材料であり、神話に出てくる大木である。だが隠れ里で真実を知ったアイリスはクスリと笑う。

「伝説のユグドラシルはトネリコの樹だと言われていますね。ですが、秘薬の原料となるユグドラシルはそれとはまったくの別物なんです」

伝説にあるユグドラシルの大木はあくまで架空の存在だ。

だが、それとは別に秘薬に使う草が存在する。それの乱獲を防ぐために、神話にある大木と同じ名前を付けて、その草の存在を隠したのだ。

「おまえはまた、そんな機密っぽい情報をさらりと……」

「別に口止めされていませんから。私の知る情報を誰に教えるかは私の自由です」

「まぁ……そうかもしれぬが、いや、なんでもない」

賢姫としてリゼルで得た知識――国の機密情報だと誤解したアルヴィン王子は呆《あき》れつつ、自国に恩恵をもたらすアイリスを止めるべきではないと言葉を飲み込んだ。

ついでとばかりに、更なる情報を引き出すために質問を投げかける。

「ところで、そのユグドラシルというのはどこにあるのだ？」

「さすがに仕入れ先は秘密です。ただ、その苗を仕入れるために、外出許可をいただきたいとお願いしているのですが……？」

そろそろ許可を出してくれませんかねと、アイリスはあざとく首を傾げた。

「ふむ。その件については陛下に進言しておいた。後日返事をくださるだろう」

「そうですか、忘れられていないようで安心いたしました。では、いまのうちに土壌を造っておきましょうか」

　アイリスはいざと腕まくりして、更にはスカートの裾をたくし上げる。それを見たアルヴィン王子がぎょっとした。

「待て待て待て、おまえはなにをするつもりだ？」

「もちろん、土を弄《いじ》るのですわ」

「貴族のご令嬢がなにを考えている。というか、言い方を優雅にすればいいと言うものではないぞ。そういうことは使用人に任せればいいだろう」

「それは、そうなんですが……」

　アイリスはここに来て初めて困った顔をする。

　ユグドラシルの存在は、栽培を始めれば隠すことが出来ない。だからアイリスも、アルヴィン王子には隠すことなく打ち明けた。

　だが、その栽培方法にも秘密がある。

　さすがにそこまで明け透けに話すつもりはないのだが――

「困りました。王子に秘密にする方法がありません」

「ここまで来たら話せ、馬鹿。俺が信用できないのか？」

「……うぅん」

　前世で追放された直後と比べれば、彼への信用は戻りつつある。少なくとも、フィオナや陛下への暗殺に関わっていなかったのは事実だと認識している。

だが、前世で追放されたのもまた事実で――

「そこで悩むな、失礼なやつめ」

「いひゃいでふ」

ほっぺたをむにっと摘《つま》まれた。

アイリスはアルヴィン王子の手をペチンとはたき落とす。

「……なにを考えているかは想像できるが、まったくもって的外れだ。そろそろおまえは、自分が俺からどう思われているか、少しは考えろ」

「……ん？　あぁ、なるほど」

（たしかに、薬草園一つの技術を奪ってわたくしを敵に回すのは得策ではないですものね）

アイリスの予想は少しズレているのだが、それもまた間違いではない。

「ひとまず、ネイトやイヴに手伝ってもらうことにします」

「……そうか」

なぜかふてくされたような顔をされる。

「……言っておきますが、貴方に栽培方法を教えるのと、不特定多数に教えるのは別ですからね？　貴方の息が掛かった使用人を招くとしても、限定的にする必要があります」

「それくらいは分かっている。では、こちらでメンバーの選出をおこなうから、最終的に決めるのはおまえに任せる。それならば問題はないな？」

「そうですね。では、一人はゲイル子爵を指名します」

「……ゲイル子爵だと？　なぜだ？」

アルヴィン王子が眉をひそめた。

「農水大臣だからです。あと、干ばつの件から見ても信用も出来そうですし」

「……そうか、分かった。ではそのように手配しよう」

「お願いしますね」

アイリスが微笑むと、アルヴィン王子はクルリと踵《きびす》を返して立ち去っていった。さっそく薬草園を管理するメンバーの選出をするのだろう。

（相変わらず仕事が速くて助かります）

リゼル国でのアイリスは、このように身軽に動けなかった。王太子の婚約者という地位がついて回り、なにをするにも王太子の許可が必要だったのだ。

しかも、その許可もあまり下りない。

以前の不便さを思い出して怒りがぶり返しそうになったアイリスは頭《かぶり》を振り、なにはともあれ――と、背後に控えている愛らしい使用人達に顔を向けた。

「ネイト、イヴ、土弄りをするので手伝っていただけますか？」

「「ダメです」」

「ダメなの!?」

笑顔で拒絶され、アイリスは令嬢らしからぬ声を上げてしまう。

けれど、腰に手を当てたイヴに「アイリス様、ドレス姿で土弄りをするつもりですか？」と怒られてそれもそうかと納得した。

「では、ちょっと着替えてきますね」

「いえ、自分で土弄りをするところから離れてください」

「そうです。アイリス様が指示を出してくれたら私達がいたします」

イヴの意見にネイトも同調する。

「気持ちはありがたいですが……結構、大変ですよ？」

複数の精霊の加護を持つアイリスは、華奢《きゃしゃ》な見た目からは想像できないほど身体能力が高い。

具体的に言うと、屈強な男がようやくといった荷物を片手で持ち上げる。

それを知っている二人は頬を引き攣《つ》らせたが、自分達がやると言って譲《ゆず》らなかった。

「では、二人に任せましょう。まずは汚れても構わない服に着替えてきてください」

「分かりました」

「着替えてきますっ！」

ネイトとイヴが無邪気な笑顔で走り去っていく。そういう姿はまだまだ使用人として未熟だが、同時に子供らしくて微笑ましい。

（さて、いまのうちにクズ魔石を取りに行きましょうか）

上質な薬草の繁殖には高濃度の魔力素子《マナ》が必要になる。ゆえに、自生するのは魔物が出没するような深い森の中に限られる。これが上質な薬草を栽培できない理由である。

だが、作物を植えるときに肥料を混ぜるように、薬草を栽培する土に砕いた魔石を混ぜることで魔力素子を補えば、どこでも栽培することが可能になる。

これこそが、アイリスが隠れ里で手に入れた知識だ。

それに必要なクズ魔石を密《ひそ》かに取り寄せて部屋に保管してある。それを取りに行くために温室を出たアイリスは――ほどなく不穏な気配を感じて魔術による結界を構築した。

刹那《せつな》、撃ち込まれた剣と結界がぶつかり合い、リィンと甲高い音が鳴り響く。

（なんだか、前にもこんなことがありましたね）

襲撃者である少女――噂のリリエラを眺めながら、アイリスは溜め息を吐いた。

エピソード1

食い違う想いと記憶

1

アイリスの構築した結界が不意の一撃を受け止めた。

襲撃者は中性的な顔立ちの少女。

ショートの青い髪に勝ち気な紫色の瞳。服装も訓練時に着用するようなパンツルックで、彼女のことを知らなければ美少年と見紛うていただろう。

そんな彼女の瞳が爛々《らんらん》と輝いている。

この状況を楽しんでいるのだと、アイリスは直感的に確信する。

(この人もフィオナやお兄様と同じタイプの人間ですね)

「リリエラ様、一体どういうおつもりですか？」

「へぇ、アイリス様、ボクのことを知ってるんだ？」

「もちろん存じておりますわ」

初代剣姫の一族、レガリア公爵家のご令嬢であり、フィオナを追放したアルヴィン王子と結婚した女性でもある。アイリスにとって、いまもっとも警戒するべき相手だ。

そんなリリエラが、アイリスに斬り掛かってきた。使っているのは殺さずの魔剣——つまり、危害を加えるつもりはないという意思を示してはいる。

だが、怪我をさせなければいいという問題ではない。なぜこの国の人間は、挨拶《あいさつ》代わりに斬り掛かってくるのだろうかと、アイリスは深い溜め息を吐く。

「リリエラ様はわたくしのことはどこまでご存じですか？」

「フィオナ王女殿下の教育係、でしょ？　でもその正体は隣国の賢姫だよね」

「そこまでご存じでしたか。では一応言っておきますが……下手をしたら国際問題ですよ？」

「アイリス様はいま、この国の重鎮《じゅうちん》なんでしょ？」

「だから国際問題ではない、と？　それはそれで問題な気がしますが……まぁいいです」

脳筋は理詰めで説得するよりも、力尽くで分からせたほうが早い。なにより、戦うことで相手の性格も見えてくるだろう――と、相手と同じことを無意識に考える。

前世の記憶を取り戻す前のアイリスはこのような脳筋ではなかった。フィオナとしての記憶が影響しているのだが――閑話休題《それはともかく》。

「それで、どうしたら満足していただけるのですか？」

「話が早くて助かるよ。ボクと手合わせして――」

リリエラがみなまで言い終えるより早く、アイリスが身体を反転させた。ドレスのスカートがふわりと広がり、その下から鋭い回し蹴りが放たれる。

その一撃がとっさに身を引いたリリエラの鼻先を掠《かす》めた。

「びっくりしたぁ～。まさか、いきなり蹴りが飛んでくるとは思わなかったなぁ。智《ち》の賢姫《けんひ》だって聞いてたけど、もしかして拳《こぶし》のほうの拳姫《けんひ》だったりするのかな？」

「武術は一通り学んでいますので。それより、いいんですか？」

「なにが――うわっ⁉」

足下に展開された魔法陣。それに気付いたリリエラがさっと飛び退く――が、アイリスの展開した魔法陣はなんの効果も生み出さなかった。

その魔法陣を踏み越え、アイリスがリリエラに迫る。

魔法陣からなんらかの攻撃魔術が発生する＝つまりそこを通ることはできない。そう思って油断していたリリエラは反応が遅れ――

「なんてね」

驚きの表情を浮かべていたリリエラが小さく笑い、余裕を持って横薙《よこな》ぎの一撃を放った。アイリスは即座に側面に結界を展開、その一撃を受け止める。

――が、リリエラは途中で剣から利《き》き手を離していた。剣による攻撃は中途半端に終わるが、引き付けた利き手は既《すで》に次の攻撃に移っている。

「はっ！」

アイリスが回し蹴りなら、リリエラが放ったのは掌底《しょうてい》だ。

その予想外の一撃を、アイリスはとっさにクロスした両腕で受けた。同時にその勢いを殺さずに跳び下がり、リリエラから距離を取る。

「逃がさないよっ！」

アイリスが体勢を崩したこの機会を逃すことなく押し切る――と一歩前に出たリリエラは強烈な違和感を抱く。さきほど展開された足下の魔法陣がまだ消えていない。

それをいま、リリエラは踏んでいた。

「まさか――」

魔法陣がはったりだと思わせることこそが罠《わな》。それに気付いた瞬間、リリエラは下から吹き上げた突風によって空に舞い上がっていた。

空中ではさしものリリエラも動けない。

なんとか頭から落ちることだけは避けようと身体を捻《ひね》った彼女は、地上で待ち受けるアイリスが新たな魔法陣を展開していることに気付いた。

「ま、負け、ボクの負けだからっ！」

リリエラがあわてて敗北を認める。

だが、アイリスは構わず魔術を発動させる。目をぎゅっと閉じたまま身を強張らせるリリエラの落下速度を魔術で緩め、その身体を両腕で抱き留めた。

「……え？」

「追撃されるとでも思いましたか？　さすがのわたくしもそこまで鬼じゃありませんよ」

腕の中のリリエラに微笑みかけると、彼女の顔がほのかに赤く染まる。それを不思議に思っ

たアイリスが見つめていると、その頬は更に赤く染まった。

「あ、あの、その……お、落としてっ」

「え、落とすんですか？」

「間違えた、下ろしてっ！」

言うが早いか、彼女は身をよじってアイリスの腕の中から飛び出した。ただし、そのままバランスを崩して地面の上にぼてっと落ちる。

アイリスは驚いて、リリエラに手を差し出した。

「だ、大丈夫ですか？」

「〜〜〜っ」

反射的にアイリスの手を取って、だけどすぐに離して尻餅をついた。それから真っ赤になって、恥ずかしそうに自力で立ち上がった。

「えっと……目的は果たせましたか？」

アルヴィン王子もそうだったが、レムリアの人間は戦いの中で相手を知ろうとする厄介な性質がある。今回もそれが目的だろうと尋《たず》ねたのだが——

「う、うん。最初はボクの挑戦にあっさり乗ってきたからただの脳筋かと思ったけど、戦いにおける騙《だま》し討ちの手法、ただの脳筋じゃないって分かったよ。すっごく素敵だと思う」

アイリスはものすごく微妙な顔をした。

最後の素敵という言葉がなければ完全に悪口である。

「あ、ごめんね、けなしてるわけじゃないよ。知ってると思うけど、ボクの一族はみんな脳筋だから、アイリス様みたいな戦い方が出来る人は少ないんだよ」

「……なるほど」

「で、ボクはそんな脳筋な考え方があんまり好きじゃないんだ」

「……なるほど？」

いきなり攻撃を仕掛けてくる彼女に言われても説得力はないと首を傾げる。ちなみに、フィオナの記憶を取り戻したアイリスも同類に含まれているのだが、本人にその自覚はない。

「強くて頭もいいなんて素敵だよっ。アイリス様、ボクのお嫁さんにならない⁉」

「……はい？」

「間違えた。ボクの弟のお嫁さんにならない⁉」

「なりません。というか唐突すぎです」

感情的なこともちろんだが、リゼル国の賢姫と、レムリア国の初代剣姫の末裔が結婚なんて、それこそ国際的な騒動になること間違いなしである。

「えぇ～。ボクの弟はまだ十四歳だけど、すっごく可愛いんだよ？　弟には幸せになって欲しいから、アイリス様がお嫁さんになってくれるなら嬉しいなっ」

「だから、なりませんって」

アイリスは呆《あき》れて溜め息を吐く。

それに対して、リリエラはことのほか残念そうな顔をした。まるで本気だったかのような反応で、アイリスは少しだけ戸惑いを覚えた。

（剣姫の末裔が賢姫の血を取り入れようとするなんてどういうつもりかしら？　なにか思惑がある？　それとも、なにも考えてないだけ？）

「リリエラ様――」

「ま、断られたんじゃ仕方ないね。やっぱりアルヴィン王子のコトが好きなのかな？」

「……は？」

なにを言っているのかしら、この脳筋ちゃんは――と、アイリスは口をへの字にした。だがアイリスがなにか口にするより早く背後から伸びてきた腕に肩を抱きすくめられる。

気配を察知できなかったアイリスは驚くが――

「不穏な気配がすると戻ってみれば……やはりアイリスだったか」

「……ぶっとばしますよ？」

相手がアルヴィン王子だと気付いて悪態を吐く。

「そもそも、不穏な気配とわたくしを結びつけないでください。彼女が挨拶代わりに襲撃してきたので、その相手をしていただけです」

「……彼女？　あぁ、リリエラか」

アルヴィン王子が視線を向ける――直前、リリエラの雰囲気が一変した。それまでのどこか天真爛漫《てんしんらんまん》な雰囲気が掻き消え、クールな令嬢のような雰囲気を醸《かも》し出す。

「ご無沙汰しております、アルヴィン王子」

「ああ、久しいな。それで、アイリスを襲撃したそうだが？」

「申し訳ありません。彼女がどんな人間か気になりまして」

「そうか、ならば仕方ない」

「――仕方なくないよっ」

アイリスが思わず素で突っ込むが、アルヴィン王子は相変わらずどこ吹く風だ。代わりにリリエラが少しだけ申し訳なさそうな顔をして、アイリスへと向き直った。

「ごめんね。ライバルがどんな人かたしかめたくて、こんな方法を取らせてもらったんだ」

「ライバル、ですか？」

聞き捨てならぬ言葉に、最大限の警戒をする。

返答次第では排除も辞さないと目を細めるが――

「うん。レガリア家当主であるお父様は、ボクとアルヴィン王子の婚姻を望んでいるからね」

「あ、そっちでしたか」

アイリスは殺気を霧散させた。

隣で、アルヴィン王子が「おまえはフィオナを好きすぎないか？」と呆《あき》れている。アイリスがライバルという言葉をどう誤解していたか気付いているらしい。

「それにしても、わたくしがライバル、ですか？」

「うん、みんながそう言ってるよ」

「……みんな？」

アルヴィン王子へと視線を向ける。

彼は口をへの字にして「周囲の連中が勝手に言っているだけだ」と答えた。

「だったらいいんですけど……くれぐれも、フィオナ王女殿下を悲しませないようにしてください ね、憧《あこが》れのお・に・い・さ・ま？」

「……心配するな。フィオナは憧れのお姉様も欲しいそうだからな」

アルヴィン王子の発言に、リリエラはへぇっと目を見張った。対してアイリスは頬をほのかに赤く染め、それからぎゅっと拳を握り締めた。

「陛下に養子縁組を頼んできます」

「ちょっと待て、どうしてそうなった」

「もちろん、フィオナ王女殿下のお姉ちゃんになるためです」

「……おまえというヤツは」

盛大に呆《あき》れられる——が、アイリス的には重要な案件だ。さすがに冗談ではあるが、アイリスがフィオナを気に入っているのは事実。前世の自分——とはいえ、いまの彼女は『フィオナの記憶を保持するアイリス』なので、疑似的な妹のように感じているのだ。

「噂には聞いてたけど、アイリス様は本当にフィオナ王女殿下が好きなんだね？」

「ええ、フィオナ王女殿下はとても可愛いですから。……王女殿下を奪うつもりなら、私を敵に回す覚悟をしてくださいね？」

冗談めいた口調で言い放つ――けれど、その言葉が示しているのはフィオナの次期女王としての地位の話で、いまの一言は牽制《けんせい》だ。

だがそれに気付かなかったのか、気付いた上でポーカーフェイスを保っているのか、リリエラにこれと言った反応はない。どころか――

「うぅん、フィオナ王女殿下を狙うつもりはないけど、アイリス様のことは興味あるな。凜《りん》としたたたずまいが素敵だし、やっぱり弟のお嫁さんにならない？　あ、ボクの、でもいいよ」

「なりません」

面倒くさいと、アイリスはこめかみに指を添える。

それから、なんとか言ってくださいとアルヴィン王子に視線を向けた。

「リリエラ、こいつは俺のだ」

「王子のでもありませんっ！」

この王子、役に立たないとアイリスは溜め息を吐く。

前世でフィオナを追放したアルヴィン王子と、その婚約者となったリリエラという組み合わせに、わずかなりとも警戒したのがバカらしくなってくる。

いや、これが油断を誘うための罠《わな》である可能性も零《ゼロ》ではないが……

「あまりふざけたことを言ってると、二人纏めてぶっとばしますよ？」

「ほう、俺達二人を同時に相手して勝てる自信があるのか？」

「さすがアイリス様、素敵です」

「お願いですから人の話を聞いてくださいっ！」

話の通じない脳筋二人を前にアイリスは頭を抱えた。

2

薬草園の土壌作りも終わって、あとは土壌に混ぜたクズ魔石の魔力が土に馴染《なじ》むのを待つだけとなったある日、アイリスはグラニス王に呼び出された。

やってきたのは謁見《えっけん》の間——ではなく、私用に使う応接間である。

「陛下、ご機嫌麗《うるわ》しゅう」

「よく来たな、アイリス。構わぬから向かいに座るがよい。お菓子もあるぞ」

最近のグラニス王はすっかり孫にデレデレなお爺ちゃんのようになっている。そしてアイリスもまた、前世で懐《なつ》いていた祖父の好意に甘えていた。さながら、実の祖父と孫娘のような雰囲気を醸し出している。

普通であれば家臣が止めるべきところだが、アイリスは二度に渡り陛下の命を救った功績があり、またフィオナやアルヴィン王子からの信頼も厚い。

あげくは隣国の賢姫で、歴史上でも希に見る精霊を顕現《けんげん》できるほどの力を有し、隣国で得た知識を使ってこの国の飢饉を防ぎ、様々な恩恵をもたらしている。

無論、すべてが公表されているわけではないが、国の中核となる重鎮はおおよそのことを把握しているため、陛下とアイリスの関係に難色を示す者はいない。

というわけで、アイリスは客間でグラニス王とティータイムを楽しんでいた。

「陛下、その後、お身体に異常はありませんか？」

「うむ、そなたが毒を抜いてくれて以来、身体の調子はすこぶる良い。まるで十年くらい若返ったような気分だ。そなたとも一度手合わせ願いたいものだな」

「……まぁ、陛下ったら。無茶はいけませんわよ」

クスクスと笑って受け流したアイリスは（お爺様が脳筋です。いえ、知ってましたけど）と少しだけ呆《あき》れる。

「ところで、薬草園は気に入ってもらえたか？」

「はい。わたくしのワガママを聞き入れてくださってありがとう存じます」

「気にする必要はない。むしろ我が国のためになることだ。命を救ってくれたそなたへの礼としては、まったく足りておらぬ。他にもなにかあれば遠慮なく申し出るといい」

「ありがとうございます。お気持ちだけで……あぁいえ、一つお願いがございます。実は、お父様と手紙のやりとりをしているのですが――」

アイリスは過去、リゼル国において、王太子の婚約者という地位にいた。だが相手からの理不尽な申し出によって婚約は破棄され、隣国に渡ることとなった。

だが、その王太子――いまは元だが、その元王太子のザカリーはともかく、リゼル国に恨みはないし、両親とはいまでも手紙のやりとりをする仲だ。

そんなわけで、伝えた近況にはアイリスがレムリアで広めている技術のあれこれも含まれており、父ハワードから嘆きのメッセージが届いている。

つまりは、レムリアに肩入れをしすぎだという意味である。

ゆえに――

「薬草園の管理にアイスフィールドの人間を何人か入れたいと考えています。そのことをどうかお許し願えないでしょうか？」

実家の人間を招き入れることを提案する。

「……ふむ。それはつまり、アイスフィールドの人間にも薬草園の管理を学ばせたいと、そういう意味で言っているのか？」

「――表向きには共同開発という形でいかがでしょう？」

グラニス王が目を見張る。

アイリスの言葉が、彼の疑問の先、それによって生じる問題の答えだと気付いたからだ。

まず大前提として、ユグドラシルの件はグラニス王の耳に入っている。ゆえに、その知識が自国のものではないとグラニス王は断言できる。

結果、リゼル国の技術だと認識していたわけだが、アイリスはこの段階になって、実家の人間を招きたいと口にした。話の流れからして、リゼル国の技術でもないということだ。

グラニス王が聞き返したのはその事実確認である。

なぜなら、未知の技術を、この国でアイリスがリゼルの人間に教える。それを客観的に見た場合、アイリスがレムリアの新技術を自国に流そうとしているように見えてしまうからだ。

要するに、外聞が非常に悪くなる。それをどうするか——と、話し合うために切り出した最初の質問に対する返事が、表向きは共同開発にしてはどうかという提案。

詳細は煮詰める必要があるが、その一言で最大の懸念は払拭《ふっしょく》された。アイリスの頭の回転の速さに舌を巻きつつ、グラニス王はその提案を吟味《ぎんみ》する。

「共同開発か。そうできれば角は立たぬが、どうやって周囲を信じさせるつもりだ？」

「もともと、技術の詳細は関係者以外には秘匿《ひとく》させていただくつもりです。であれば、表向きの名目があれば、それほど角は立たないのではないでしょうか？」

「……ふむ。情報の流し方次第というわけか。いいだろう。では許可を出しておこう。アイスフィールド公爵やリゼル国王には申し訳なく思っていたところだからな」

すぐさまその提案は受け入れられ、担当の者への伝言が出される。

それを見て、アイリスは肩の荷が下りたと息を吐いた。これで実家、アイスフィールド公爵家の風当たりも少しはよくなるだろう。

そうして安堵《あんど》したのも束の間、グラニス王がきゅっと表情を引き締める。

「次はわしから、レスター侯爵の件について報告がある」

「……はい」

陛下暗殺を企《くわだ》て、アイリスに罪を擦り付けようとした大罪人——であると同時に、フィオナの母親の後見人で、フィオナの母親のために罪を犯した情の人。

アイリスはティーカップをソーサーの上に戻し、即座に居住まいを正した。

「レスター侯爵は国王であるわしと、次期女王のフィオナの暗殺を企てた。本来であれば、国家反逆罪で一族郎党皆殺しになってもおかしくない」

「はい、存じております」

王族に危害を加えることは重罪だ。

身分的な問題もあるが、なにより国に与える影響が大きいからだ。

「しかし、わしが強引に二人の政略結婚を取り纏めたのもまた事実であり、フィオナの母親がこの国のしきたりに殺されたのもまた事実だ」

「剣姫としての責務、ですね」

痛ましい事件ではあるが、リゼッタは剣姫の責務を果たそうとしただけだ。決して国のしきたりに殺されたわけではないと、アイリスは考えている。

だが、そんなアイリスの内心が伝わったのだろう。グラニス王は少しだけ寂しげな顔をして「アイリス嬢」と諭《さと》すように呟《つぶや》いた。

「リゼルの賢姫と、レムリアの剣姫は似ているようで大きく異なる点がある。どちらも有事の際に先頭に立って戦うことに変わりはない――が、その先頭という解釈が違うのだ」

「……解釈、ですか？」

「そうだ。リゼルの賢姫は兵を指揮するのであろう？　すべての者を率いるのだから、先頭に立つという言葉に嘘偽《いつわ》りはない――が、物理的な先頭に立つわけではない」

「おっしゃる通りですね」

剣姫は先頭に立って兵を率いる。さすがに一番槍をいただく――というところまではいかないが、文字通り敵の手の届く距離にいる物理的な最前線だ。

同じ責務のように見えてずいぶんと違う。

後方で兵を率いる指揮官と、最前線で兵を率いる隊長。

戦場で勝利を収めても死ぬ可能性が高いのが剣姫で、敗北しても生存の可能性が高いのが賢姫。そんなふうに表現してみれば、その差は一目瞭然《いちもくりょうぜん》だ。

無論、剣姫が最前線に立つのはいまに始まったことではない。

だが、その剣姫が女王や王妃となるのなら話が変わってくる。やんごとなき人々が毎回死と隣り合わせで戦って国が正常に回るはずがない。

さきほどグラニス王が口にしたことからも明白だ。

王族を害することは国家反逆罪が適用されるほどの罪。つまりは、王族が害されるということは、国家に混乱を招くほどの被害をもたらすということに他ならない。

「ですが、それならばなぜ、いままで問題に……あぁ、そういうことですか」

剣姫はそもそも剣の精霊に愛された人物で、尋常ならざる力を持っている。ゆえに、剣姫が危険に晒《さら》されるほどの有事は滅多《めった》になかった。

それに加えて、剣姫が女王、もしくは王妃といった地位に就くこともそう多くはない。

ゆえに、王族である剣姫が命を落とすという悲劇はいままでは起きなかった。だが、昨今の魔物の活発化によって、剣姫でもある王太子妃が魔物に殺されるという事件が発生した。

それによって様々な問題が表面化した、というわけだ。

「では、レスター侯爵の主張をお認めになるのですか？」

「……少なくとも、わしが誤解を解いておけば回避できた事件だと思っている。だが王族、特にフィオナを殺そうとした罪を許すわけにはいかぬ」

自分を殺そうとしたことは許すと言っているようにも聞こえる。グラニス王は、レスター侯爵に対して複雑な想いを抱いているようだ。

それでも、彼は王としての判断を下すのだろう。この時点で、アイリスはレスター侯爵の命運を悟ったが、最後まで聞くべく、静かに王の言葉を待った。

「……ゆえに、レスター侯爵には死をもってその罪を贖《あがな》ってもらう」

「罪を、公表なさるのですか？」

「いや、彼は襲撃の際、侵入した賊に襲われて負傷した。必死の治療にもかかわらず、そのときの負傷が原因で先日身罷られたのだ」

そういう筋書きにする、ということ。

でなければ彼の血族や無実の関係者にまで累《るい》が及ぶからだ。

簡単なことではないだろう。秘密が明るみに出たときの危険性を考えれば、事実を公表して一族を皆殺しにしてしまったほうが問題は少ないと言えてしまうレベルだ。

そのような危険を冒すのは、おそらくレスター侯爵のためだろう。

「そなたも罪を着せられそうになった身。レスター侯爵に思うところはあると思うが、受け入れてくれぬか？」

「……フィオナ王女殿下はご存じなのですか？」

「いろいろと思うところはあったようだが、最後には納得してくれた」

「そうですか。では、わたくしから言うことはなにもございませんわ」

アイリスは迷うことなく微笑んだ。

「……いいのか？」

「いいもなにも……さきほど、罪を着せられそうになったとおっしゃいましたが、わたくしは最初から彼の行動を予測しておりました。なにも実害を受けていない以上、彼が処刑されようと、事故死しようと、実はこっそり生きていようとも、関係ありません」

アイリスはただ静かに、グラニス王と視線を合わせる。彼は一度だけ瞬いて――それから「感謝する」と、小さく呟《つぶや》いた。

それからパンと膝を叩いて、その重苦しい空気を打ち払う。

「さて、暗い話が終わったところで、そなたの要望について聞こう。なんでも、しばらくアルヴィン王子と二人で遠出をしたいとの話だが？」

「根も葉もない酷いデマです。誰ですか、そんなことを言ったのは」

憤慨《ふんがい》して即座に否定するアイリスは、グラニス王がほんの少しだけ残念そうにしたことに気付かない。

「ふむ。では、アイリス嬢の本当の要望というのは？」

「一人で一月ほど旅をすることです」

「却下だ」

「しょんぼりです」

即座に却下する国王に対し、即座にしょんぼりするアイリス。リゼルの重鎮、もしくはレムリアの重鎮、どちらが見ても顔面蒼白になりそうなやりとりである。

いや、レムリアの重鎮は最近耐性を付けつつあるようだが……それはともかく。

「アイリス嬢、一つ聞きたいのだが……リゼル国にいた頃はその要望が通ったのか？」

「それは、こうしてレムリアに渡ってきたくらいですから」

「それは婚約が破棄された後であろう？」

「そう、ですね。たしかに、その前であれば無理だったかもしれません」

というか無理である。

（いけませんね。どうも最近、前世の記憶に引きずられているようです。いまのわたくしにとって、冒険者として過ごしていたのが最近の記憶ですからね）

アイリスは婚約を破棄された直後に前世の記憶を取り戻した。ゆえに、アイリスとして婚約破棄された直後に、フィオナとしての一生を過ごしたような認識を持ちつつある。

あくまで感覚的な話ではあるが。

「いまのそなたはリゼルからの客人だ。もしそなたになにかあれば、レムリア国がリゼル国に対して大きな借りを作ることになってしまう。それは分かってくれるな？」

「……無論です、陛下。不相応なお願いを申したこと、深くお詫び申し上げます」

最近気が緩んでいたと、アイリスは唇をきゅっと結んで頭を下げた。

「分かってくれればよい。相応の護衛を伴えば外出も好きにして構わぬ。なにも、この王城に閉じ込めておこうとしているわけではないからな」

　提案自体は非常にありがたいが、目的地は隠れ里で、できれば不用意に教えたくはない。どうしたものかとアイリスは眉をひそめた。

「ふむ。この国の人間に行き場所を知られたくない、ということか？　もしそうであれば、薬草園の件と合わせて、そなたの護衛を自国から呼び寄せても構わぬが？」

「いえ……」

「……そうか、薬草園に関係することだったな」

　薬草園の技術がリゼル国のものではないとはさきほど白状した。ゆえに、リゼルの人間を連れて行くことも出来ない――と、説明する分には問題ない。

　問題ないのだが、だったらどうするか、という話である。

（一人で行くのは無理。だけど、不特定多数に知られるのは危険すぎる。かといって、フィオナを連れて行ったらどっちが護衛か分からないし……アルヴィン王子？）

　彼を連れて行くことで生じるメリットはある。

　一番恐ろしいのは、アイリスの不在中にアルヴィン王子とリリエラが結託し、フィオナの追放に向けて暗躍を始めること。アルヴィン王子を同行させることでその可能性を排除できる。

　そしてもう一つ。彼と過ごす時間を増やすことで、彼が前世でフィオナを追放した理由を突き止め、今世では思いとどまらせることが出来るかもしれない。

だが、デメリットも存在する。

隠れ里は追放されたフィオナがたどり着く安息の地。その土地の存在をアルヴィン王子に教えるのはそれなりにリスクも存在する。

とはいえ――

(追放された後は、追われるようなこともありませんでしたからね)

良くも悪くも、アルヴィン王子は追放された後のフィオナに興味がない。そう考えれば、隠れ里の存在を知られても、フィオナの行く末的には影響しないはずだ。

(それに、レムリア国の王族に隠れ里の存在を知らせることはマイナスじゃないんですよね)

隠れ里の者達と、剣姫や賢姫のあいだには古き盟約が存在する。いまは忘れられてしまっているが、それを復活させることは決して両国や隠れ里にとってマイナスではない。

「……アルヴィン王子と二人なら許可は出るのですか？」

「ほう？　アルヴィン王子と二人っきりがいいと申すのか？」

「…………………………」

いいはずはない。が、他に方法は――と、アイリスは葛藤《かっとう》。

最終的に「近くまでは護衛の兵士を引き連れて、最終的には王子と使用人を若干名、ということでいかがでしょう？」と提案する。

「ふむ。なるほど……つまり、どの辺りにあるかは明かせるが、限られた者にしか詳細は明かすことが出来ない場所だということだな」

「ご慧眼には感服いたします。……わたくしの目的地はリゼル国との境にある魔の森です」

目的は薬草園の関係――つまりは薬草の生息する魔の森に入ることは不思議じゃない。ゆえに、真の目的地がバレることはないと思ったのだが――

「そなたは……まさか、隠れ里の存在を知っているのか？」

グラニス王はその名前を口にする。

無論、そのようなカマ掛けに引っかかるアイリスではない。賢姫として、真実を隠そうとするときに出るクセは徹底的に排除した。いまの彼女のポーカーフェイスは完璧だ。

だが、

「ふ、やはりそうであったか」

グラニス王は確信めいた表情をする。

(顔には出さなかったはずです。なのに、どうしてここまで確信しているの？)

「くくっ。そなたは自分では気付いていないかもしれぬが、隠し事をしたときのそなたは、右腕に力が入るクセがあるようだぞ？」

「……え？」

アイリスはそんなはずはないと困惑する。

けれど、

「フィオナも右手でスカートの裾をぎゅっと握るクセがある。そなたも同じだな」

（……え？　ま、まさか、フィオナとしての記憶がそこまで影響を？　というか、フィオナって基本的に隠し事が苦手だったのに、その影響がわたくしに……？）

ものすごく心当たりのある指摘に、アイリスは思わず遠い目になった。

「ふむ。どうやら、心当たりがあるようだな」

「えっと……はい、そうですね」

こうなっては隠しても仕方がないと白状する。そのうえで、開き直って隠れ里について知っているのかとグラニス王に問い掛けた。

「わしも詳しくは知らぬ。大戦時の英雄の子孫が暮らしていることくらいだな」

「……そうですか。分かりました。では、森の入り口まで護衛を。そこからはアルヴィン王子とわたくし、それに使用人を若干名ということでお願いいたします」

「うむ、それならば許可を出そう。気を付けて行ってくるがよい」

こうして、アイリスはひとまず隠れ里へ向かうこととなる。後で置いてきぼりの事実を知ったフィオナが拗《す》ねるのだが——それはまた別の話である。

エピソード2

隠れ里で再会する未来の友人

1

「アイリス先生、私を置いていっちゃうの？」

アイリスが旅立つその日。

見送りに来たはずのフィオナが上目遣いで縋《すが》り付いてくる。そのあまりの可愛さに、アイリスは彼女を連れて行きたい衝動に駆られた。

(でも、彼女を連れて行くのはさすがに無理ですよね)

道中はともかく、最終的には危険な森に護衛を伴わずに入ることとなる。なにより、王位継承権を持つ二人が、同時に危険な森に赴くともなれば周囲の注意を引きすぎる。

というか、既に王子を連れて行くことに一部の者が難色を示している。今日の見送りに来た重鎮達の中にも、苦々しい顔をしている者がいる。

ということで――

「残念ですがフィオナ王女殿下はお留守番です」

「しょんぼりだよぅ」

捨てられた子犬のような目。

可愛いなぁと、アイリスはフィオナの柔らかな髪をそっと撫でつけた。

「フィオナ王女殿下、わたくしが精霊の加護を段階的に発動させたのを覚えていますね？」

「え？　うん、覚えてるよ。こういうやり方もあるって、いくつか見せてくれたよね」

「はい。それをわたくしが帰ってくる前に使いこなせるようになったら……」

「……なったら？」

フィオナがゴクリと生唾を飲み込んだ。

「アストリアを顕現させる方法を教えてあげます」

「……え？　そんなこと……出来るの？」

「出来ますよ。――ほら」

唐突に、本当に唐突に、アイリスがフィストリアを顕現させる。

淡い光を纏った等身大の女性、幻想的な女精霊が現れたことで、目の前にいるフィオナはもちろん、見送りに来ていた重鎮や護衛がどよめいた。

「フィストリア。彼女がフィオナ王女殿下、アストリアの加護を受けし剣姫です」

「初めまして、フィオナちゃん。私がフィストリアよ」

多くの人々は精霊に対して厳格なイメージを抱いている。彼女達がおしゃべり好きなことを知らない周囲の者達は、その光景に目を見張った。

だが、王城の地下にあるアストラルラインのたまり場限定とはいえ、アストリアとよくおしゃべりをしているフィオナは即座にその光景に順応する。

「あ、えっと……アストリアの加護を持つフィオナです」

「ふふっ、アイリスから聞いていた通り、本当に可愛いわね。うちの子は、小さい頃から笑み一つ浮かべない無愛想な子だったんだけど、最近は急に人が変わったように——」

よけいなことを言うフィストリアを即座に送還する。

「……まったく、相変わらずフィストリアはおしゃべりが好きなんですから。ということで、フィオナ王女殿下。精霊の顕現が出来ると信じてくださいましたか？」

「うんっ、さすがアイリス先生……って、あれ？　じゃあ、ホントのホントに、私に精霊を顕現させる方法を教えてくれるの？」

「私が旅から戻るまでに、精霊の加護を自在に得られるようになったら、ですよ？」

「うん、絶対、先生が戻るまでにマスターするね！」

フィオナがチョロ可愛いと、アイリスは優しげに笑う。

ついでに言えば、アイリスの行動に難色を示していた者達の態度も一変している。それだけ、精霊を顕現できる賢姫の存在は大きいということだろう。

というわけで、機嫌を取り戻したフィオナや重鎮達に見送られ、アイリス一行は出発した。

旅の一行はアイリスとアルヴィン王子。それに使用人としてクラリッサとネイトとイヴ。それに護衛の騎士達が二十名ほどという規模である。

かなりの大所帯に見えるが、王子と公爵令嬢の一行としては少ないくらいだ。ここ数年魔物の襲撃が増加傾向にあることを考えればなおさらである。

そんなわけで馬車も二台あり、アルヴィン王子とアイリス用に分かれているのだが――アルヴィン王子がクラリッサを伴い、当たり前のようにアイリスの馬車に乗り込んできた。

「……いえ、まぁ……いいんですけどね」

馬車旅は基本的に暇との戦いである。アルヴィン王子でも暇つぶしの相手くらいにはなるだろうと、アイリスは不遜《ふそん》なことを考え、重量的な釣り合いを取るために、イヴとネイトはアルヴィン王子の馬車へと移動させる。

「なにやら失礼なことを考えているな？」

「いえ、まさか、暇つぶしの相手くらいにはなるかなと思っただけで――いひゃいでふ。というか、乙女のほっぺを気安く引っ張らないでください、ぶっとばしますよっ」

王子の手をはたき落とし、さすさすと自分の頬を撫でる。するとアルヴィン王子は窓から見える景色へと視線を移し、「よかったのか？」と呟《つぶや》いた。

それがなにを指しているのか、心当たりのあるアイリスにはすぐに分かった。アイリスが重鎮達の前でフィストリアを顕現してみせたことだ。

「構いません。フィオナ王女殿下へのご褒美《ほうび》も必要でしたし。なにより、あの場にいる者達を納得させる必要がありましたから」

「たしかに、な」

最近の魔物の活性化が原因なのか、人々の魔の森への畏怖《いふ》は思ったよりも強かった。あのままでは、護衛の増員や旅の計画の再考を求められたかもしれない。

それを抑えるために、アイリスは力の片鱗《へんりん》を見せつけた。

それにアイリスは以前、グラニス王やその重鎮達の前で精霊を顕現させている。グラニス王に頼んで秘密にしてもらってはいたが、それが永遠に守られるなどと思ってはいない。

公然の秘密になってからではインパクトが弱い。だがいまならば、周囲の不満を抑えることが出来て、ついでにどこまで情報が伏せられていたかの確認も出来る。

ゆえに、このタイミングが最適だと思ったのだ。

結果――あの場にいた見送りの者達は、フィオナを含めてほぼ全員が心から驚いていた。

中には相応に身分の高い者もいたが、他の者と同様に驚いていた。それはつまり、王やその重鎮が、アイリスの思っていた以上に秘密を守ってくれていたという結果に他ならない。

そしてもう一つ。

アルヴィン王子だけは違う反応を見せた。精霊を顕現させられる事実に驚いたのではなく、よかったのか――と、秘密を打ち明けた事実に驚いていた。

つまり、アルヴィン王子だけは、アイリスが精霊を顕現させられることを知っていた。

フィオナは知らなかったのに、だ。

こと政治的な分野においては、フィオナ次期女王よりも、アルヴィン王子のほうがグラニス王から信頼されている、ということだ。

もっとも、フィオナはまだまだ子供で、最近までは身体を鍛《きた》えることにしか興味がなかったため、アルヴィン王子のほうが頼りにされているのは当然ではある。

当然ではあるのだが——

(わたくしはいままで、その意味を深く考えていなかった)

もう少しいろいろと考えるべきだろうとアイリスは口を結ぶ。だが、いきなり頭をわしゃわしゃと撫でられ、そんな思考は一瞬で霧散した。

「……なんですか?」

「おまえはいろいろと考えすぎだ。そんなことではそのうち息が詰まってしまうぞ」

「そう、かもしれませんね」

後継者問題はいまからあれこれ考えてもどうにもならない。だったらひとまずは目先の問題から。そんなふうに意識を切り替える。

「じゃあアルヴィン王子、なにか面白いことを言ってください」

「無茶ぶりをするな。……いや、娯楽は必要だな。クラリッサ、なにか面白いことをやれ」

「わ、私ですか?」

邪魔にならないように置物と化していたメイド、クラリッサが素っ頓狂《とんきょう》な声を上げる。

「ちょっとアルヴィン王子、無茶ぶりでクラリッサを虐《いじ》めるのはやめてあげてください」

「言い出したのはアイリスだがな」

呆《あき》れ顔で指摘されるが、アイリスは笑顔で黙殺した。

「まあ実際、しばらくはずっと馬車旅ですからね。森まで一週間。そこから徒歩で数日。往復でざっと一ヶ月くらいはこんな調子ですよ」

アイリスは冗談でも言ってないとやってられませんと言いたげに笑う。

「ふむ……魔の森にある隠れ里、だったか。どのようなところなのだ？」

「そういえば、まだ詳細は説明をしていませんでしたね」

ここにいるメンバーは隠れ里まで同行する人間だけ。どうせ里に着いたらいろいろと説明することになるだろうし、彼らにも心構えは必要だろう。

そう判断したアイリスは、他言は無用と前置きをして口を開いた。

かつて大陸に押し寄せた魔族を退けた連合軍。その中でも特に活躍を果たしたのが精霊の加護を受けた者達である。

剣姫や賢姫はその中の一人でしかなかったが、同時に王族でもあった。ゆえに、その二人がそれぞれの国を造ったわけだが――そうすると他の英雄達も、という声が上がる。

だが、王族だった二人は建国を目指したが、他の英雄達もそうだったわけではない。祭り上げられることを嫌った英雄達が隠れ住んだ里、それが魔の森にある隠れ里だ。

「大戦で英雄となった者達の末裔が暮らす隠れ里です。そこにはアストラルラインの大きなたまり場があって、精霊がたくさん集まっています」

ちなみに、それぞれの王城にあるアストラルラインのたまり場はそれほど大きくはない。アストリアやフィストリアが住み着いている以外は、気まぐれに現れる精霊がいる程度である。

他にあるアストラルラインのたまり場も同様だ。精霊に加護を受けられるかどうか以前に、精霊と出会うこと自体が希《まれ》である。

だが、隠れ里に存在するアストラルラインのたまり場は別だ。

「精霊がたくさん、だと？　では、いまでもその里には——」

「ええ。様々な精霊の加護を受けた者達が暮らしています。基本的にいろいろな意味で規格外の人々が暮らしているので覚悟しておいてくださいね」

「なんだと？　それはつまり、アイリスのような者が多くいる、ということか？」

「人を規格外みたいに言うのはやめてくださいっ」

アルヴィン王子はものすごく微妙な顔をして、クラリッサに向かって「自覚がないのと、隠れ里の連中がアイリス以上の規格外、どっちだと思う？」と耳打ちをしている。

ちなみに、転生をしたアイリスは自分が規格外であることを自覚しているし、前世では里の者達に師事していたので基本的には後者が正解である。

ただ、そこを話すといろいろと辻褄が合わなくなるのでアイリスは聞こえないフリをした。

2

それから一週間ほどが過ぎ、アイリス一行は無事に魔の森の入り口へとたどり着いた。

魔の森へ足を踏み入れるのはアイリスとアルヴィン王子、それに加えて使用人が三人のみ。護衛の騎士達は近くの村と行き来しつつ、その場を野営地とする。

護衛達を残してアイリス達は魔の森へと出発した。それぞれ動きやすい格好で、アイリスは魔術師としての服を着用している。

そうして五人で魔の森に入って数日。アイリスの想像以上に魔物の襲撃が続いたが、アイリスとアルヴィン王子が交互に撃退。

特に問題なく旅は続いていた。

「しかし……この森に隠れ里があったとはな」

「国王陛下はご存じだったようですよ」

「口伝でのみ伝わっているそうだ。旅に当たっていくつか情報を渡されたが、それもおまえから聞いた話の一部でしかなかった。おまえはなぜ、そんなことを知っているんだ？」

「それは秘密です」

邪魔な草木を魔術で払いながら、アイリスがイタズラっぽく笑う。

「またそれか。重要な隠し事がある、と言っているようなものだぞ？」

「隠し事がある事実を隠した覚えはありません」

アイリスは前世の記憶を持っている。その事実こそ打ち明けていないが、未来視的な能力があることは隠そうとしていない。

最初は、フィオナの教育係という地位を手に入れるためで、いまは未来に関する様々な警告をするための説得力を強化するため、自分に未来視的な力があるとほのめかしている。

「それより、ここからは決してわたくしから離れないようにしてください。ここから先へ行くには隠れ里の結界を越えねばなりませんから」

「ふむ、おまえから離れたらどうなるのだ？」

「試さないでくださいよ？　確実に迷いますから」

正しい手順を踏んで進まなければ隠れ里にはたどり着けない。そして深い森の中で方角を見失えば遭難《そうなん》し、最悪は死に至ることもある。

運が良ければ、前世の時のように保護されることもあるかもしれないが。

「森で迷うのは怖いな。おまえに抱きつくとしよう」

「歩きにくいよっ」

「ふむ、それはつまり、歩きにくくなければ抱きついても構わぬということか？」

「ぶっとばしますよ……？」

半眼で睨《にら》みつけるが、アルヴィン王子は「それにしても結界か。もしかして、ここが魔の森と恐れられるのはそれが理由か？」とどこ吹く風だ。

アイリスは溜め息を吐いて「それも理由の一つでしょうね」と答える。

魔物――特に魔獣は基本的に魔力素子《マナ》の濃い地域、森の深いところなどを好む。ゆえに森に近付かなければ、魔獣の被害に遭《あ》うことはあまりない。

逆に言えば、森に入れば途端《とたん》に危険度が増す。しかも、奥を目指すと結界のせいで迷うことになり、森から出ることも叶わなくなる。

ゆえに、魔の森と恐れられているわけだ。

「しかし……不思議だな。おまえはその結界の越え方を知っているだけでなく、越えられることを確信しているように見える。それこそ、一度通ったことがあるかのように」

「実際にある――と言ったらどうしますか？」

自然な口調で問い掛ける。獣道を切り拓きながらゆっくりと視線を向けると、アルヴィン王子は面白いとでも言いたげな顔で笑っていた。

「そんなことがあり得るのか？」

「アイリス・アイスフィールドには不可能でしょうね」

怪訝《けげん》な顔をするアルヴィン王子に対して、今回はここまでだと言わんばかりにアイリスはにへらっと笑った。それから足を止めて、同行者であるイヴ達使用人を背後に庇《かば》う。

「――我々はあなた方と争うつもりはありません。どうか姿を見せていただけませんか？」

不意にアイリスが森の奥に向かって呼びかけた。

返事はなく、周囲に沈黙が広がっていく。

「……アイリス、俺には気配が感じ取れぬが……どこにいるのだ？」

「どこと言いますか……囲まれています」

「なにっ⁉」

アルヴィン王子がとっさに周囲を見回す。

けれど、それでも、周囲の者達に反応はない。

「わたくしはアイリス・アイスフィールド。リゼル国の賢姫にして、古き盟約を果たすためにこの地に帰ってまいりました。族長にお目通りを！」

今度はそこかしこから葉音が響いた。

「アイリスと言いましたね。貴女《あなた》は古き盟約を知っているのですか？」

気高くも艶のある男の声が響く。

それから一呼吸置き、正面から獣道を踏み分ける音が響いた。ほどなくして正面の木々の向こうからキラキラと日の明かりを受けて輝く金髪が見え隠れする。

姿を現したのはとんでもなく整った顔立ちの優男――ハイエルフだった。彼の登場と同時に、周囲に潜《ひそ》んでいたエルフや人間達が姿を現す。

武器こそ構えていないが、一挙動で戦闘に入れる態勢だ。

それに気付いたアルヴィン王子は腰を軽く落とし、いつでも剣を抜けるようにする。続いてイヴやネイトがアイリスを庇うように動いた。

だけど――

「大丈夫です。だから、決してこちらからは手を出さないでくださいね」

アルヴィン王子に釘を刺し、イヴやネイトを後ろに下がらせる。

そうしてアイリスは進み出て、同じく進み出てきたハイエルフの優男――前世でアイリスに弓を教えた師、ローウェルと相対する。

彼は弓精霊の加護を受けている、かつて大陸を救った英雄の子供である。

「私はローウェルです。それでアイリス、貴女は私の質問に答えてくださらないのですか？」

「古き盟約を知っているのか、という質問でしたね。すべてを知っているわけではありませんが、かつて英雄達の間で交わされた友好の証《あかし》であることは知っています」

「……なるほど。では、貴女が賢姫であるという証明は出来ますか？」

その問いには、フィストリアを顕現してみせることで答えた。ローウェルだけでなく、包囲している者達からも驚きの声が上がる。

「まさか精霊を顕現できるとは。それに精霊の姿も伝え聞くフィストリアそのものです。たしかに貴女は賢姫のようですね。賢姫、アイリス、貴女を我々の里に案内しましょう」

アイリス達が案内されたのは英雄達の末裔が暮らす隠れ里。

森の中心にある小さな村で、人口はおそらく数百人――だが、その建造物は決してみすぼらしいものではない。王都でも採用されているような立派な建築様式の家屋が並んでいる。

そんな村の通りをローウェルの案内に従って歩く。

「隠れ里とは思えぬ技術力だな。密かに技術者を招いているのか？」

アルヴィン王子が隣を歩くアイリスに小声で問い掛けた。

「彼らが新しい技術を求めて隠れ里から出ることもあります――が、最大の理由は別にあります。この里に暮らすエルフ族が、この里の発展に貢献しているんです」

人間と比べて、エルフは圧倒的に寿命が長い。それはつまり、世代の交代による技術の喪失が少ない、ということである。

結論から言ってしまえば、この里には一流の技術者が揃《そろ》っている。

「アイリス、貴女はこの里のことをよくご存じのようですね？」

話が聞こえていたのだろう。先導していたローウェルが足を止めて振り返った。

「そうですね、わたくしはこの里のことを知っています。ですが……その事情に関しては、族長にお話ししたいと考えています」

「分かりました。族長に話を通してくるので、そこの広場で少しお待ちください」

ローウェルはそう言うと、続けて仲間達にはアイリス達と共に待機するように命じる。そうして立ち去るローウェルを見送り、アイリスはゆっくりと周囲を見回した。

見慣れぬ者達がいるからだろう。そこかしこから好奇心を滲《にじ》ませた視線がアイリス達に向けられている。そしてその多くは子供達の視線である。

「他種族も暮らしているようだが、子供はほとんどが人間のようだな」

「エルフはそこまで数がいませんからね。でも、獣人族の子供はいますよ」

アイリスが子供達に向かってヒラヒラと手を振ると、彼らはビクッと震えてその身を物陰に隠した。だがほどなく、再びこちらを覗き込んでくる。

「危険な魔の森で暮らしているわりに好奇心旺盛なのだな」

ぽつりと呟《つぶや》いた。アルヴィン王子の予想外の感想にアイリスはクスクスと笑う。

「なんだ、なにがおかしい？」

「いえ、王子はあの子達が心配ですか？」

「む？　そういうわけではないが……いや、そうだな。好奇心はときに人を殺すからな」

「ですね。でも、彼らもなにも考えていないわけではないですよ」

いまもアイリス達の側《そば》にはローウェルの仲間達が付き添っている。

アイリスが賢姫だと証明したことでかなり警戒心は薄れたようだが、それでもなにかあったときに動けるように見張っている、というのが正解だろう。

「ふむ。子供達は警備隊を信用している、というわけか」

「ええ。それと——あの子達も、たぶんわりと強いですよ」

「なに？　……どれくらいだ？」

　アルヴィン王子の腕がピクリと動く。どうやら興味を持ったようだ。

「そうですね……新人の騎士となら互角に渡り合えると思います」

「なっ、あのように小さい子供がか？」

「そうですね、人にもよると思いますが、おおよそそれくらいの腕はあるかと」

　子供一人一人が、レムリアの騎士に対抗しうる力を持っている。それがどれほどのことかは説明するまでもないだろう。

「なるほど、育てればフィオナくらいにはなるわけだな」

「アルヴィン王子。先に言っておきますけど、連れて帰るのはダメですからね？」

「わ、分かっている。おまえは俺をなんだと思っているんだ」

「国益を最優先に考えるレムリアの王子様だと思っています」

　動揺しているところが非常に怪しいとアイリスは半眼になった。

「否定はしないが、俺とて望まぬ相手を連れ去ったりはしない。それに、おまえを敵に回すほど愚かな選択はないからな」

「そう、ですか……ありがとうございます？」

　ことのほか真面目に返されて、アイリスは少しだけ驚いた。そうして他愛もないやりとりを続けながら待っているとほどなく、赤い髪の少年が姿を現した。

（あれ？　どこかで見たことがあるような……あ、もしかしてアッシュでしょうか？　わぁ、若い。私の知ってるアッシュよりも若いですよ！）

記憶から計算して、いまの彼はアイリスより二つ下の十七歳。武術の精霊の加護を受ける人間の少年で、前世の師の一人でもあり、よき友人のような間柄でもあった。

そんな彼がアイリスの前に立つ。

「ローウェルから聞いたぜ。おまえ、賢姫なんだってな。俺がその力を試してやるよ」

「ふふん、望むところだよ。あの日の借りをいま――」

思わず前世の調子で答え、いまのアイリスを知るアルヴィン王子達がぎょっとしている。それに気付いたアイリスは沈黙し、それからコホンと咳払いする。

今更取り繕っても、である。もちろんアルヴィン王子達は誤魔化《ごまか》せていないが、普段のアイリスを知らないアッシュはガシガシと頭を掻く。

「よく分かんねぇけど、腕試しに応じるってことだな？」

「ええ、お受けいたします」

アッシュの挑戦に応じるが、今度は条件反射ではなく考えた上での判断だ。

彼は精霊の加護を受けた武闘家で、この里では多くの者から信頼されている人物だ。ゆえに、彼の信頼を勝ち取ることは、アイリスが目的を達成するために不可欠なのだ。

前世では彼に認められるまでに相応の月日を必要としたが、今度はそんなに時間を掛けていられない。必ず勝ってみせると、アイリスは気合いを入れ直した。

――というわけで。

大きな広場の真ん中で、アイリスはアッシュと向き合っている。

(不思議な感覚ですね)

アッシュと戦ったのは数年前であり、二十年近く前でもあり、数年未来の話でもある。

あのときのアイリスは未熟な剣姫で、アッシュにあっさりと負けてしまった。それから彼に勝ちたくて、修行を積んだ時間がとても楽しかったことを覚えている。

(結局、前世でアッシュに勝ち越すことは出来ませんでしたが……今回は負けません)

「――最初から、本気で行かせていただきますよ？」

「おおよ、どこからでも掛かってきな！」

アッシュは手のひらに拳を打ち付けた。武術の精霊から与えられし加護を発動させたのだ。

その加護は、任意で特定の属性を持つ攻撃に対し、強力な耐性を持つというものだ。

それを知らなかった前世の初戦では、剣での一撃を素手で受け止められて敗北した。

(今回は間違いなく、魔術に対する耐性を獲得しているでしょうね)

いまなら、危険だからとアルヴィン王子には使用を自重した魔術も使うことが出来る。おそらくそれくらいしなければ、魔術で彼にダメージを与えることは不可能だろう。

ゆえに、アイリスはフィストリアを顕現させた。フィストリアから受ける加護が、アイリスの魔術の能力を最大まで向上させる。

「へぇ、最初から全力ってわけか、おもしれぇ」

「それでは――行きます」

わざわざ宣言したアイリスは、巨大な魔法陣を背後に展開した。その魔術をアッシュに向けて発動。魔法陣が淡い光を放ち――バシュッとフラッシュのように発光。

アッシュがその眩《まぶ》しさに顔を腕で覆《おお》う。

アイリスは身体能力を強化するなり飛び出して、アッシュをグーパンで殴り飛ばした。アッシュは思いのほか吹っ飛んで、そのまま広場の土の上をごろごろと転がっていく。

魔術による全力攻撃と見せかけてのグーパン。一般人であれば卑怯ととらえかねない攻撃に周囲がざわめいているが、それを卑怯と責める戦士はここにはいない。

一般人であるクラリッサ辺りはドン引きしてもおかしくないのだが――彼女は卑怯なアイリス様も素敵ですねと目を輝かせているので例外である。

それはともかく、アイリスは警戒を続けている。さきほどの一撃、あまりに手応えがなかった。おそらく、自ら飛んで衝撃を受け流したのだろう。

「油断を誘っているのなら無駄ですよ?」

「……なるほど、理論だけじゃなくて実戦慣れもしてるってわけか」

アッシュが地面の上でくっと身体を畳《たた》んで、その勢いで跳ね起きる。その姿にダメージを受けている素振りは見られない。やはり吹き飛んだのはわざとのようだ。

「しかし、魔術と見せかけて拳とは驚いた。アイリスだったか？　おまえ、俺の加護について知ってるようだな？」

「まぁそんなところです。まさか卑怯だなんて言いませんよね？」

「言うわけがない。次はこっちから行かせてもらう――ぜっ！」

アッシュが再び手のひらに拳を打ち付けた。

加護の更新。

これで、彼がなんの攻撃に対して耐性を持っているか分からなくなった。

「行くぞっ」

アッシュが気合いの声を発する。その声が消えるより早く、アッシュはアイリスの間合いの内側へと踏み込み、その勢いのままに拳を振るう。

外側からえぐり込むようなフック。その狙いは――アイリスの顔。容赦のなさに感心しつつ、アイリスは軸足を引く。手の甲で拳を逸《そ》らすと、目前を彼の拳が通り過ぎた。

すかさずステップを踏み、アッシュの側面へと回り込む――直前、アイリスはとっさに踏みとどまった。アイリスの目前を彼の回し蹴りが切り裂く。

記憶にあるアッシュよりも荒削りだが、その戦闘センスは記憶にある彼となんら変わっていない。アイリスが踏み込めばアッシュが下がり、アッシュが踏み込めばアイリスが下がる。絶えずつかず離れずの距離で戦う二人は、さながらダンスを踊っているようにも見える。

荒々しくも優雅な光景を前に黄色い声が上がる。

(いまなら余裕で勝てると思っていましたが……精霊の加護が厄介ですね)

アイリスは攻防を繰り広げながら、その頭を悩ませる。アッシュは接近戦を挑む寸前、精霊の加護を更新しているが、なにに対する耐性を得たのかが分からない。

普通に考えれば、魔術に対する耐性から、別のなにかへと変化させた。いまのアイリスは素手で戦っているので、打撃に対する耐性という可能性が一番高い。

アッシュはさきほどから、アイリスとつかず離れずの距離を保っていて、アイリスに距離を取られることを嫌っているように見える。

そこから考えても、魔術への耐性は持っていないと考えるのが妥当だろう。

だが、変更したフリで、魔術の耐性から魔術の耐性へと更新した可能性も捨てられない。というか、いかにも打撃への耐性に変化させましたと言いたげな振る舞いが怪しすぎる。

——たとえば、アッシュの体勢を崩し、そこへ魔術の攻撃を加える。決まったと思った瞬間、勝ち誇ったアッシュに反撃される。

(ものすごくありそうな気がします。だとしたら——)

方針が決まったと、アイリスは剣精霊の加護を使って身体能力を強化。膠着《こうちゃく》状態に陥《おちい》りかけていた攻防の拮抗《きっこう》を力尽くで崩した。アッシュが体勢を崩す――刹那《せつな》、アイリスは距離を取って魔法陣を展開。それを見たアッシュが体勢を立て直して飛び出した。

だが、アッシュが飛び込んでくるよりも、アイリスが魔術を放つほうが速い。念のためにと威力を抑えた電撃の魔術がアッシュに襲いかかる。

だが、彼はそれをものともせずに向かってくる。アイリスはそれに合わせて踏み込み――互いの放った拳が相手に当たる寸前で止まる。

クロスカウンターのような体勢でお互いに寸止め。

本来なら引き分けであるが――

「へっ。俺の勝ちだな。俺がいま獲得しているのは、打撃に対する耐性だからな」

アッシュがニヤリと口の端を吊り上げる。

彼は魔術に対する耐性を得ていなかった。そのうえで、アイリスの魔術をやせ我慢で受け切り、自分が魔術に対する耐性を持っているとアイリスに誤解させる。

だが、本当は打撃による耐性を得ていた、というわけだ。

けれど――

「いいえ、わたくしの勝利です」

彼女が引き戻した拳の中には、袖口に隠し持っていた短剣が握られていた。

「な、短剣だと？」

「ふふっ、魔術か拳のどちらかしか使わないなんて、言ってませんよね？」

とびっきりの笑顔で応じる。アッシュには拳か魔術かの二択を迫っておきながら、自分はさらっと選択外の攻撃手段を選んだのだ。

したたかなアイリスを前に、アッシュは自らの敗北を認めて両手を挙げた。

3

「いやぁ、参った参った。まさか賢姫が袖の下に暗器《あんき》を忍ばせているとはな。おまえ、なかなか実戦慣れしてるじゃねぇか」

「まぁ……いろいろありましたからね」

主にアッシュを始めとした者達に鍛えられた結果なのだが、さすがにそれは伏せる。

「ところで、腕試しは合格ですか？」

「ん？　あぁ、もちろん。俺に勝ったんだからもちろん合格だよ」

「そう、ですか……」

前世で勝てなかったアッシュに勝つことが出来た。その事実を胸に、アイリスは無邪気な笑みを零《こぼ》した。それを目の当たりにしたアッシュがほうっと息を吐く。

──次の瞬間、背後からアルヴィン王子に抱きすくめられた。

「なんですか、いきなり？」

「……汗臭い」

「いきなり失礼ですね、ぶっとばしますよ!?」

アルヴィン王子の腕の中から抜け出して威嚇《いかく》する。だが、アルヴィン王子はアイリスに詰め寄るのではなく、アッシュに対して睨みを利《き》かす。

「今度からこいつにちょっかいを出すときは俺に許可を取ってもらおう」

「あん、なんだおまえは」

「俺はこいつの所有者だ」

「……ぶっとばしますよ？」

アイリスがジト目で睨むが、アルヴィン王子は取り合ってくれない。二人は睨み合ったままで、やがてアッシュが肩をすくめて「そりゃ悪かったな」と引き下がった。

で、戻ってきたアルヴィン王子をアイリスが半眼で睨む。

「誰が誰の所有物ですか」

「おまえを雇っているのは俺だ、似たようなものだろう？」

「どこの暴君ですか。まったく、ヤキモチだなんてみっともないですよ」

アイリスはからかうように言い放った。

だが――

「悪いか？」

返ってきたのは、そんな予想外の一言。

「え、いえ、その……悪くは、ない、ですけど」

直球ど真ん中のカウンターに、アイリスは思わず動揺した。だが、すぐにからかわれていると気付いて溜め息を吐く。

それからアッシュに視線を向けて、「雇い主がこんなことを言っていますが気にしないでください。有意義な手合わせでしたし、また機会があれば戦いましょう」と笑いかける。

アルヴィン王子は鼻を鳴らしてなにかを言いかけるが、結局はなにも言わなかった。


それからほどなく、ローウェルが戻ってきた。族長への面会の許可が下りたとのことで、彼の案内に従って族長のいる家へと向かう。城とは比べものにならないが、村にある建物としては大きめ。なにより、その内装は王都にある上流階級の家と言ってもまかり通る。

そんな家の応接間で、アイリスは族長を待っていた。

ちなみに、アルヴィン王子達はあの広場にて留守番である。アイリスだけが別行動を取ることに不満を抱いていたようだが、結局は広場で待っていてくれることになった。

いまは、アルヴィン王子はアッシュと手合わせをしている頃だろう。

（お兄様もわりと脳筋ですよね）

そんなふうに評しつつも、どちらが勝つだろうかと考えを巡らせる。

技量的にはアルヴィン王子のほうが上だろう。ただし、アルヴィン王子には精霊の加護がなく、また攻撃手段も剣に限られている。

斬撃に対する耐性を得られるアッシュのほうが圧倒的に有利だ。

（まぁ……その程度のハンデでお兄様に勝てるなら苦労しませんけど）

加護を持たずして、加護持ちの者達を凌駕《りょうが》する。ある意味で一番の人外はアルヴィン王子だろう。伊達《だて》に他国からも恐れられてはいない。

――と、そんなことを考えているとほどなく、年老いた男のハイエルフが姿を現した。その姿を見るなりアイリスはソファーから立ち上がり、横にずれて優雅にカーテシーをする。

「お初にお目に掛かります、バード族長。わたくしはアイリス。リゼル国に属する公爵家に生まれた賢姫でございます」

「……ほう、わしの名前を知っているのか？　ローウェルやアッシュはわしのことを族長としか呼んでおらぬはずだが、なぜわしの名前を知っておるのだ？」

「前世で貴方の口からうかがいました」

あっさりとその事実を口にした。

アイリスはその瞳にたしかな決意を込めて、まっすぐに族長を見つめる。彼女はこの日、すべてを打ち明ける覚悟を決めていた。

「……前世、じゃと？」

「正確には違うかもしれません。ですが、わたくしはそう判断しています。そして、そのときにうかがった盟約を果たし、貴方に受けた恩を返すためにここに戻ってまいりました」

「にわかには信じられぬ話だが……そなたは盟約の存在を知っておる。荒唐無稽《こうとうむけい》な話だからといって、頭ごなしに否定するわけにはいかぬだろうな」

まずは事情を聞かせてもらおう――ということで、席に着くよう促される。族長が座り、続いてアイリスがその対面の席へと腰を下ろす。

運ばれてきたお茶に口を付け、それから一息吐いたところでバード族長が口を開いた。

「それで、前世の記憶というのはどういう意味だ？」

「わたくしには別人として生を享《う》け、そして戦いの中で散っていった記憶があります」

「それが前世の記憶だというのか？」

「そう認識しています。ただし、その人物は実在していて、いまなお生きています。私の認識では、自分は過去の他人に転生しているのです」

「それは……」

バード族長は眉を寄せた。

この世界には魔術を始めとした奇跡の概念がある。ゆえに伝説上の奇跡と、実際にある奇跡の境界が曖昧《あいまい》で、伝説だと思われていた存在が実在する、なんてことも珍しくない。

したがって転生という概念を信じる人も珍しくはない。信じない者も、確認された例がないのだからたぶんない――という程度の認識だ。

だが、そんな彼らの常識においても、過去に戻って他人に転生する――というのは、どう考えても説明できない現象である。

ゆえに、前世の記憶があるというアイリスの言葉には一考の余地があると感じても、過去の他人に転生するという言葉には信憑性《しんぴょうせい》が薄い。

一気にアイリスの言葉が胡散臭くなった、というわけだ。

「信じられないのは当然です。ですがわたくしは前世の記憶を頼りに結界を越えました」

「ふむ。だが、どこかで文献を見つけただけ、という可能性もあるじゃろう。そもそも、前世ではどうやって結界を越えたのじゃ？」

「森で行き倒れていたところを助けられました」

あれは城から追放された後、冒険者として各地を転々としていた頃のことだ。とある理由で森に足を踏み入れた当時のアイリスは魔物の不意打ちによって負傷した。

更には結界によって迷い、行き倒れになったところを保護されたのだ。

「矛盾こそしておらぬが、とても信じられる話ではないのう」

「無理もありません。わたくしもこれが他人の口から聞かされたことなら、世迷い言として一笑に付していたでしょう」

「ふぅむ」

バード族長は顎《あご》に手を当てて思案顔をする。

「ひとまず、そなたの目的を聞かせてもらおう。さきほどいろいろと言っておったが、ここでなにをするつもりなのだ？」

「いくつか目的がありますが、まずは私的なことから。アストラルラインのたまり場へ行く許可をください。それと、ユグドラシルの苗を譲《ゆず》っていただきたいと考えています」

アイリスの言葉に、けれどバード族長は反応を示さなかった。ただ無言で、アイリスの目をじぃっと覗《のぞ》き込んでくる。そしてほどなく、ふぅっと息を吐く。

「それも前世でわしから聞いたのか？」

「前者はそうです。後者はディアちゃんから聞きました」

「……ディアちゃん？　もしやクラウディアのことか？」

「ええ、まぁ……当時のわたくしは無知だったんです」

さり気なく話を逸らしてそっぽを向く。

クラウディアとは、薬師《くすし》の加護を持つハイエルフの女性だ。その年齢はおよそ二百歳。精神的にも成熟しているが、見た目は当時のフィオナより年下の美少女なのだ。

実年齢を知って驚いたときには、既にディアちゃん呼びが定着していた、というわけだ。

「ふぅむ……クラウディアの嬢ちゃんのことまで知っておるのか。……ひとまず考察は後にして、残りの目的も教えてもらおうかの」

「一番の目的は、古き盟約を果たし、この里に降りかかる火の粉を払うことです」

「……この里に降りかかる火の粉、か。もう少し具体的に聞かせてもらえるかな？」

「わたくしがこの里を訪れたのはいまから三年ほど先のことですが、そこから一年を待たずして、この里に魔物の群れが押し寄せてきます」

この大陸には遙か昔から魔物や魔獣といった危険な生物が生息していた。それが知恵ある魔物――魔族の下に集結し、人間の生活を脅かしたのがいまからおよそ３００年前。

連合軍の活躍によって魔族は撃退。魔物や魔獣は数を減らし、散り散りとなって森の奥などに逃げ込んだのだが、その数をいままた増やしつつある。

そうして各地に被害をもたらす魔物や魔獣の群れが、この隠れ里にも押し寄せる。

「ふむ。それはおかしな話だ。この里にはそなたも知っての通り結界がある。一体二体ならともかく、群れが押し寄せるなど不可能じゃ」

「残念ながら、わたくしはその矛盾を正す答えを持ち合わせておりません。その襲撃の折に、前世のわたくしは命を落としましたから」

だが、予想なら付いている。アイリスと同じ憶測にたどり着いたのか、バード族長は顎に手を当てて小さなうなり声を上げた。

「……結界が破られる可能性か。調べてはみるが、いますぐに結果が分かることではない。アイリスよ。なにか他に、そなたの話を証明する情報は持ってはおらぬか？」

「そう、ですね。正直なところ、この時期にここでなにがあったのかは残念ながら存じておりません。それに、歴史も変わりつつありますから」

「……歴史が変わりつつある？」

「まず、わたくしの行動が違います。賢姫がレムリアに渡るという事実はありませんでしたし、この里にも訪れていないはずです。なにより、レムリアで起きた干ばつの被害も最小限に抑えました。それらによる影響力はかなりのものになると考えられます」

アイリスの行動は、国家単位で様々な影響を及ぼした。リゼル国、レムリア国、両国の中枢に影響がある以上、その変化は時間が経《た》つほどに広がっていくだろう。

なにより、アイリスは干ばつの被害を最小限に抑え込んだ。レムリア国とリゼル国の関係が悪化する原因の一つを取り除き、飢饉で死ぬはずだった多くの命を救った。

人の出会いと別れ、商品の流通なども、前世とはまったく異なっているはずだ。

ゆえに、この時期に起きるはずだった、人同士のいざこざなどは前世と異なる。怨恨などが絡んだ事件であったとしても、発生のタイミングや場所が変わる可能性が高い。この先も正確に予測できるのは、自然災害などに限られてくるはずだ。

なので前世の記憶があると証明できるものはそれほど多くない。

「でも一つだけ、前世のわたくしがこの里に来たことがある可能性を示す証拠があります」

そう言うやいなや、アイリスはフィストリアを顕現させた。アイリスが座るソファの横に、人間と変わらぬサイズの美しい精霊が姿を見せる。

「……ほう。話には聞いていたが、本当に精霊を顕現させられるのだな。たしかに優れた賢姫のようではあるが、それがこの里に来たこととどう繋がるのだ？」

「フィストリア、説明してくださいますか？」

「ええ、もちろん。――ジーク族長、お久しぶりです」

「うむ、久しいのう、フィストリア」

ジーク族長は懐《なつ》かしそうに目を細めた。それから「前世のアイリスがこの里に来たことがあると、フィストリアが証明してくれるというのはどういうことだ？」と問う。

「この子――アイリスはとっても浮気性なんです」

フィストリアの一言に、空気がピシリと凍り付いた。アイリスは強張った顔で、ギギギっと錆《さ》びたブリキ人形のように首をフィストリアに向ける。

「あ、貴女、なにを言っているの？」

「私の加護を受け、私を虜《とりこ》にするくらいの能力を持ちながら、私の知らないうちにアストリアを始め、数多《あまた》の精霊から加護を受けているんですよ、この浮気者は」

「え、あ、あぁ……だから、ね？　それは以前に話したでしょ？」

まさかのセリフにアイリスはタジタジである。

婚約者から婚約破棄を申し渡されても平然としていたアイリスも、さすがに精霊から浮気者呼ばわりされるとは思っていなかったようだ。

というか、おそらく精霊に嫉妬《しっと》されたのは彼女が初めてだろう。

バード族長もその希有な光景に啞然《あぜん》としていた。だが、彼はすぐにその精霊の発言が別の意味でおかしなことに気付いて目を見開いた。

「加護を与えた精霊が知らぬ間に、他の精霊から加護を受けた、じゃと？」

「ええ。アイリスはある日、いきなり私を使いこなすようになったわ。それと同時に、他の精霊達からも加護を受けていたの。それが前世由来の加護、だそうよ？」

ようやく話が元に戻った。

アイリスはすかさずその話を引き継ぐ。

「私が受けた加護の多くは、この里に現れる精霊から授《さず》かった加護です。だから、精霊達に確認すれば分かるはずです。わたくしに加護を与えた記憶がない、と」

なお、その件についてはアストリアで実証済みだ。アストリアがそのことについて疑問を持っていると、フィオナから聞いたことがある。

その事実がここでも確認できれば、アイリスが少なくとも転生者である証明にはなる。

「……なるほど、精霊の言葉なら信じるほかはあるまいのう」

「では……？」

「うむ。少なくとも、そなたが転生者であるのは事実のようだ。じゃが、未来から過去に跳んだというのはまだ信じられぬ。その点についてはこれから見極めさせてもらおう」

「はい、それで構いません」

4

ひとまずはバード族長の信用を勝ち取ることが出来た。信用であって、信頼には至っていないところがポイントだが、それでも大きな一歩と言えるだろう。

この調子でアストラルラインのたまり場へ立ち入る許可をもらいたいところだが、その許可は族長一人で出せるものではない。この里の重要人物達で話し合って決める。

ゆえに、今後は一人でも多くの者から信頼を勝ち取る努力をする必要がある。

続いて魔物の襲撃について。

これはそのときになってみないと確認のしようがない。ただ、最近は魔物が増えていることもあり、念のために結界に綻《ほころ》びがないか確認してくれるそうだ。

つまり、この点については結果待ちである。

最後にユグドラシルの苗について。

これが一番簡単だと思っていたのだが――結果は保留である。ユグドラシルは治癒に関するポーションの原料としてこの里で育てられているのだが、いまはその数が不足している。

森に魔物が増えていることが原因で、狩りに出掛けた者の負傷などが増え、治療に必要な材料も不足しているから譲《ゆず》る余裕がない、ということのようだ。

（いまは一つ一つ問題を解決していくしかなさそうですね）

幸いにして、すべての問題が無関係というわけでもない。魔物の襲撃を未然に防ぐことが出来れば信頼を得られるし、ポーションの原料についても余裕は出来るだろう。

差し当たっては里の者達との交流を深めていくべきだ――と、そんなアイリスの内心を察したのかどうか、宴《うたげ》が開かれることとなった。

村にある広場に村の住人達が集まり、宴会というかどんちゃん騒ぎに発展している。そんなお祭りの中心で、アイリスは村娘のような格好で宴を楽しんでいた。

ちなみに、隣に座るアルヴィン王子もラフな格好ではあるが、それはあくまで王族としてはという枕詞《まくらことば》が付く。正直、思いっ切り浮いている。

それを見てクスクスと笑っていると、アルヴィン王子に気付かれた。

「なにをそんなに笑っている？」

「いえ、思いっ切り場違いな格好だなと思いまして」

村の広場、ゴザの上であぐらをかいてコップの酒を呷《あお》る王子様。なんというか、一周回って

似合っているような気がしてくるから不思議である。

「ふんっ。俺から見れば、おまえこそ公爵令嬢がなんて格好をしているのだ？　という気分になるが……まぁそうだな。ここではおまえの認識が正しいのだろうな」

「あら、お認めになるんですか？」

「郷《ごう》に入《い》っては郷に従え、という言葉があるからな」

少し意外だと思ったが、すぐにこれがアルヴィン王子の本来の姿だと気付いた。彼はリゼル国のパーティーに参加していたときも、リゼル国のステップで踊っていた。

外交的な理由もあるだろうが、あのダンスは付け焼き刃では決してない。

「王子のこと、少しだけ見直しました」

「ほほう？　いままでがどんな評価だったか気になるところだな」

「聞きたいですか？」

「先に言っておくが、怒らないという約束はしないからな？」

「……ではやめておきます」

実際、そこまで失礼な評価ではないのだが、アイリスはクスッと笑って引き下がる。

「まったく。評価が変わったのは俺のほうなのだがな」

アルヴィン王子が上から下まで視線を動かす。後ろで髪を束ねたアイリスは、ワンピース姿でゴザの上に横座りをしている。

村娘にしては気品がありすぎるが、ギリギリ溶け込んでいると言えるだろう。

「隠れ里で過ごすあいだ、あまり目立ちすぎるのも考えものですからね」

「それは分かるが……おまえの目的はなんだ？　古き盟約とか言っていたが」

「秘密です――といっても、こればっかりは納得はしてくれそうにありませんね」

アルヴィン王子が眉をひそめるのを見て誤魔化《ごまか》すことをやめた。アイリスはコップに注がれたお酒を一口、星々が煌《きら》めく空を見上げる。

「かつてこの大陸を救った英雄、精霊の加護を受けた者達は、いつかまた危機が訪れたときには再び手を取り合って戦うと誓い合ったのです」

「それが古き盟約なのか？」

「まぁざっくりと言えば、ですけどね」

もっとも、詳しくはアイリスも知らないので説明のしようがないのだが――

「では、おまえはその盟約に従い、この里の危機を救いに来た、というわけか？」

この里に危機が迫っていると、アイリスが予見していることがあっさりと読み取られた。今更誤魔化《ごまか》しても無駄だろうと、アイリスは「そうです」と肯定する。

「なぜ、そのように未来予測が出来る？　干ばつのことについてもそうだったな。いまにして思えば、他にもいくつか思い当たる節がある。……おまえは、何者だ？」

「……だから詳しいことは話したくなかったんですよね。貴方になにか話すと、いろいろとなし崩しでバレていきますから」

「答えになっていない」

問い詰められて、アイリスは小さな溜め息を吐いた。いつかすべてを打ち明ける覚悟は出来ているが、いまはまだそのときじゃない。

「わたくしはアイリス・アイスフィールド。リゼル国の公爵令嬢にして賢姫。そしていまは、レムリア国の可愛い次期女王、フィオナ王女殿下の教育係です」

「相変わらず人を食ったヤツだ」

呆《あき》れられてしまった。いや、呆れてもらったというべきだろう。アイリスが答えをはぐらかしているのは明らかなのだから。

「では少し話を戻そう。この里に迫る危機とはなんだ？　おまえが薬草園を欲したことと関わりがあるのではないか？」

「……どうしてそう思われるのですか？」

「アッシュから、森で魔物が増えていると聞いてな」

「あら、彼と仲良くなったのですか？」

「馬鹿を言うな。挑発を受けたからねじ伏せたまでだ。そういえば、面白い話を聞いたぞ。彼らに認められれば、アストラルラインのたまり場に立ち入る許可が得られるそうだな？」

アイリスは、うわぁ……という顔をする。

本当に彼と戦って勝ってしまったらしい。精霊の加護なく、加護を持つ者達に勝ってしまう。

これでもし加護を得たらどうなってしまうのだろう。

そんなフラグをさっそく回収しそうなセリフ。

アイリスは全力で都合の悪いことは聞こえないフリをして話を戻す。

「どうせそのうちバレると思うので素直に話します。お察しの通り、各地で魔物の動きが活発化しています。これから魔物の被害が増えると、わたくしは予想しています」

「予想、か。なるほど、予想か」

二回言われた。完全に疑われている。もっとも、フィオナを大切に思う人間が未来予知じみた能力を持っていると、アルヴィン王子に認識させてきたので当然の結果。情報の出処を疑われても、情報の正確さは疑われていない。

この状況はアイリスの望んだ結果でもあるのだが――

(どうしてお兄様はこんなに警戒心が薄いのかしら？)

興味を示されてはいるが、あまり警戒されているようには思えない。この隠れ里へ来ることについても、護衛と引き離されることになんの文句も言わなかった。

変なの――と、考えていると頭をわしゃわしゃと撫で回された。

「おまえいま、失礼なことを考えていただろう」

「気のせいですっ」

アルヴィン王子の手を払いのける。

「ふむ。それで、魔物の襲撃にどう対応するつもりだ？」

「事前に可能性を知らせておけば、この里の者達なら十分に対処できるはずです」

もともと、精霊の加護を受けた者達の集まる里である――というか、バード族長は千歳を越えている。英雄の子孫ではなく、英雄の生き残りである。彼が事前に備えておけば、大抵のことは対処できる、というのがアイリスの見解だ。

「だが、そなたは忠告して終わり、というつもりはないのだろう？」

「そう、ですね。有事《ゆうじ》の際には協力できる程度の関係は結びたい、と考えています。そのためにはまず、彼らとの信頼関係を築く必要がありますが……」

「なるほど。彼らとの信頼を築き上げて、彼らを救う代わりに、アストラルラインのたまり場に入る許可を得ようとしているんだな、おまえは」

全力で逸らしたはずの話題が戻ってきた。

「……アルヴィン王子、忠告しておきます。精霊の加護を得ようとしているのなら、どうかおやめください。あまりに危険です」

「危険？　それはどういうことだ？」

「従来、精霊の加護は、精霊の気まぐれによって与えられるものです。ですが、自分から加護を求める場合は、精霊の試練を受ける必要があるとご存じですか？」

「ふむ……聞いたことがあるな」

従来の方法で加護を得ることになんら危険はない。だが、精霊のたまり場に赴き、人間から精霊に加護を求める場合は話が違う。

「精霊にそっぽを向かれる程度なら問題ありません。ですが試練はときに、命に関わる場合もございます。決して、自分から受けようなどとはおっしゃいませんように」

アイリスがアルヴィン王子を心配しているのは事実である。

ただ、アイリスはアルヴィン王子が加護を得ることも恐れている。精霊の加護を持たない状態でも規格外なのに、そこから加護を得るとか考えるだけでも恐ろしい。

もちろん、そんな内心は欠片《かけら》も見せないが。

「……なるほど。たしかに軽々しく試せるものではないようだな。だが、アイリス、おまえはどうなのだ？　精霊の試練を受けるつもりではないのか？」

「それは――」

困ったぞと、アイリスは眉を寄せる。

さすがに、前世では複数の加護を受けていて、その精霊達と再契約するためにその数だけ試練を受けるつもりだ――なんて言えるはずがない。

「う、受けませんよ？」

「アイリス……いつからそんなに嘘が下手になったんだ？」

「――ぐっ」

賢姫にとって屈辱的なセリフである。

そもそものアイリスは笑わない賢姫と揶揄《やゆ》されていた。それほど感情を顔に出さなかった彼女が、いまは感情をそのまま顔に出している。

(素直なフィオナは可愛いと思いますが、自分がフィオナのようになりたいわけじゃないんですよね。賢姫としても、顔色を読まれすぎるのは問題です)

交渉役に向いていない交渉人、みたいなものだ。このままではいけないと、アイリスは胸に手を添えて呼吸を整える。賢姫として身に着けた感情の制御を――

「いひゃいでふ」

アルヴィン王子に頰を引っ張られたアイリスは即座にその手をはたき落とし、むぅっと怒った顔で抗議した。だというのに、アルヴィン王子はなにやら楽しそうに笑っている。

「おまえはそれくらい分かりやすいほうがいい」

「よくないですよ。……まったく」

小さな溜め息を吐いて、だけど口元はクスッと笑う。それからもう一度気を引き締めて、凪《な》いだ瞳でアルヴィン王子を見つめた。

「わたくしは大丈夫です」

「なにを根拠にそんなことが言える」

「勝てない戦はいたしません。ですから、無理なら挑戦なんていたしません」

今度は静かに笑う。その言葉は真実で、だからこそ、アイリスは決して目を逸らさない。自分の意思を伝えようと、ピンと背筋を伸ばした。

「……まったく信用できぬ」

解《げ》せぬと、アイリスは感情を揺らす。だが、ここで表情を崩せば意味がない。

「わたくしがフィオナ王女殿下を悲しませるとお思いですか？」

「なるほど、その言葉には説得力がある」

立ち居振る舞いとは関係ないところで納得されている。少し納得のいかないことはあるが、結果的には信頼を得られたので問題はないだろう。ただし、感情を隠すリハビリにはもう少し時間が必要そうだと頭を振り、それから何気なく周囲を見回す。

ネイトやイヴはいつの間にか席を立ったようだ。さっきまで近くにいたはずだが……と、その視線に気付いたクラリッサが疑問に答えてくれた。

「あの二人なら里の子供達に呼ばれて席を離れました。必要なら呼び戻しますが」

「その必要はありません。でも、ちょっと気になるから見に行くとしましょう」

アイリスは立ち上がり、宴を楽しんでいる者達のあいだを縫って目的地を目指す。前世では、この里の宴会に何度も出席したことがある。

ゆえに、子供達がどこに集まっているかは心当たりがある。そこに行けば、アッシュだけではなく、クラウディア――前世の友人がいるはずだ。

5
「あぁ、やっぱりここにいましたね」

宴会会場となっている広場の片隅に、いくつかのグループに分かれて子供達が集まっていた。その中にネイトとイヴが混じっている。

アイリスの声に気付いた二人は、それぞれ輪の中から抜け出して走り寄ってきた。

「アイリス様」

「もしかして私達のことを捜しに来たんですか？」

持ち場を離れたことを怒られると思ったのか、ネイトとイヴは揃って不安そうな顔だ。だが、それは半分正解で半分間違っている。

「ここは王城ではありませんし、些細なことで目くじらを立てたりはしませんよ。ただ、これからは一声掛けるようにしなさいね？」

「「はい、申し訳ありません」」

二人揃って頭を下げる。

真面目だなぁとアイリスは笑って、それから二人の頭を優しく撫でつけた。

「それで、なにをしていたんですか？」

「アイリス様が族長と面会しているあいだ、彼らからいろいろと話を聞いていたんです。それで、その続きが気になってしまって……」

ネイトとイヴがそれぞれ、さっきまで自分が参加していたグループに視線を向ける。

子供達の顔ぶれに覚えがあったため、アイリスはおおよそのことを察した。アッシュに武術を習っている子供達と、クラウディアに錬金術を習っている子供達だったからだ。

「アイリス様、お願いがあるのですが」

「構わないよ」

微笑みを浮かべると、二人はパチクリと瞬いた。

「この里に滞在しているあいだ、いろいろと学びたいのでしょう？　最低限のことをしてくれれば、あとは好きにしていて構いません」

「ホントですか？」

「ありがとうございます、アイリス様！」

二人が嬉しそうに相好を崩す。

その様子を見守っていたのだろう。他の子供達からも歓声が上がった。

ネイトとイヴはもう一度アイリスにお礼を言って、それからいそいそと輪の中へと戻っていく。それを見送ったアイリスは再び視線を巡らせた。

目当ては、子供達の先生をしているアッシュとクラウディアだ。どこにいるのかと視線を巡らせたアイリスは、その視線の先で愛くるしいお人形のような女の子を見つけた。

かがり火に照らされた髪は黒に見えるが、よく見ると深い緑色をしている。その髪の隙間から尖った耳が見えている。身長は低いが、頭が小さくてスタイルはいい。

視線に気付いたのか、吸い込まれそうな青い瞳がアイリスを捕らえた。十四歳くらいの見た目だが、実年齢は二百歳を超えるハイエルフである。

「初めまして。ディアちゃんって呼んでいいですか？」

「……誰だ？　そんな無作法な挨拶《あいさつ》は初めて聞いたぞ」

アイリスは前世で、彼女の実年齢を知らずに『貴女がディアちゃん？』と話しかけ、そこからいろいろとあって仲良くなった。そのために気持ちがはやってしまったようだ。

声を掛けられたクラウディアが眉をひそめる。

「失礼いたしました。わたくしはアイリス。リゼル国の賢姫です」

「ほう？　そなたが噂の来訪者か。同じ探求者として話が合うかと期待していたのだが、その実は礼儀を知らぬ小娘であったか」

「……申し訳ありません」

（失敗です。前世のわたくしは周囲の者に担がれた形で、彼女が見た目通りの年齢だと勘違いをしていた。だからこそ、彼女はわたくしを許してくれた。だけど……）

アイリスは見識があるはずの賢姫だ。

彼女を前にその実年齢を疑わなければ、賢姫という名に偽りありということになり、実年齢が見た目通りでないと気付いた上での発言なら、無作法以外の何物でもない。

「……ふむ。それで？　私に一体なんの用だ？」

そっぽを向かれてもおかしくなかったが、実年齢が二百歳超えは伊達ではないらしい。面白くなさそうな顔をしながらも、アイリスの話に付き合ってくれる。

アイリスは感謝の言葉を伝え、それからイヴがお世話になることを伝えた。

「あぁ……あの素直な娘の主《あるじ》がおまえなのか」

「はい。この地に滞在するあいだだけではありますが、何卒よろしくお願いいたします」

「まぁ、あの娘は努力家のようだからな」

ぶっきらぼうに笑う。前世では、その笑みを向けられていたのはフィオナ——つまりは自分だった。歳は離れていても良き友人だった彼女。

そんな彼女と親しく出来ないことに寂しさを覚える。

「なにか言いたげだな？」

「いいえ。イヴの件ではなにも。ただ、別件で貴女にいくつか相談したいことがあります」

「ユグドラシルの苗か？　族長から聞いていると思うが、あれはいま譲《ゆず》る余裕がない。そうでなくとも、そなたに譲りたくはないがな」

最初の印象が、その後のやりとりに影響してしまっている。それを自覚したアイリスは、ひとまず彼女と仲良くなることを諦め、ビジネス的な関係を築くことにした。

「事情は存じております。ですから、わたくしの知識と引き換えでいかがでしょう？」

「ふむ……賢姫の知識か？」

「はい。薬草栽培については専門外ですが、農作物の栽培などの知識はございます。なにか通じるものがあるやもしれませんよ？」

実のところ、アイリスはいまのクラウディアが知らない知識も持ち合わせている。前世でアイリスが放った何気ない一言に、クラウディアが閃《ひらめ》きを得た結果だ。

そういう知識がいくつか存在するが、アイリスはそれを軽々しく口にしたりはしない。クラウディアが手に入れるはずの栄光を奪いたくなかったからだ。

「なるほどな。まぁ……もし役に立つのであれば考慮してやろう。ただ、いまは見ての通り宴の席だ。日を改めて私のアトリエに来るがよい」

「はい。ぜひうかがわせていただきますね」

ワンピースの裾を摘《つま》んでお辞儀をする。ひとまず、マイナスから始まった好感度をゼロくらいには戻せたことに安堵しつつ、アイリスは彼女の側を離れた。

なにはともあれ、ユグドラシルの苗を手に入れる足掛かりは作った。次は――とアッシュを探してうろついていると、背後から腕を摑まれた。

「あ、アッシュさん、ちょうど捜していたんですよ」

クラウディアの失敗を反省して、今度は丁寧な口調で話しかける。――結果、「なんだ、その他人行儀な口調は？」と眉をひそめられた。

「すみません。えっと……」

「アッシュでいいぜ、アイリス」

「ではアッシュと呼ばせていただきますね」

今度は対応を間違わなかったようで、アッシュが「おう」っと答えて笑みを浮かべた。

「それで、俺を捜してたって？」

「はい。私の使用人であるネイトが、貴方にあれこれ学ぶと聞きまして。そのご挨拶《あいさつ》を」

「なんだ、そんなことか。この里では子供にあれこれ教えるのが年長者の義務みたいなものだからな。気にする必要はねぇよ。それより、俺からも聞いて構わねぇか？」

「なんでしょう？」

質問の内容にはいくつか心当たりはある。

アッシュはフィオナと気が合った――つまりは脳筋である。広場での戦いで、アイリスは初見にもかかわらず、アッシュの戦い方を熟知している動きをした。

なぜかと疑問を抱かれた可能性は高い。そう思ったのだが、彼の口から零《こぼ》れたのは、アルヴィン王子がどういった男か、という問いだった。

「彼が気になるのですか？　そういえば、彼と戦ったそうですが」

「ああ、戦った。でもって、ひたすら剣でボコボコにされた」

「……はい？　貴方は特定の攻撃に対する耐性を上げられるはずでは？」

「ああ、その通りだな」

だったらなぜと首を傾げる。

アッシュはどこか遠い目をして答える。

「斬撃に対する耐性をつけたら剣の腹でぶん殴られた。すっげぇ痛かった。で、打撃耐性をつけたら剣を突きつけられて、これでおまえは死んでたな、って」

「……さすがというか、なんというか」

アイリスとてその考えはあった。

だが、剣を鈍器代わりに使うというのは決して簡単なことではない。普通に使うよりも取り回しが悪くなるため、それを補う力量が必要になる。

それでもなおアッシュを圧倒したのは、それだけアルヴィン王子の戦い方が巧みだから。

――というか、彼はアイリスよりずる賢く勝った、ということだ。さすがに実戦慣れしているだけはあると妙な感心を抱き、アイリスは近くの木陰へと視線を走らせた。

「それで、アルヴィン王子に興味を抱いたのですか？」

「それもあるな。あいつの戦い方は小細工が利《き》いていて、だがどうしてだかまっすぐに感じられた。そんなあいつという人間が気になったのは事実だ」

「…………なるほど」

彼が戦いの中で分かり合う人種であることは知っていた。だが、そんな彼がアルヴィン王子をまっすぐだと評するのは少しだけ意外で、アイリスは目を瞬《またた》かせる。

だがそんな驚きは、新たな驚きによって掻き消されてしまう。

「だがどっちかというと……アイリス、おまえとの関係が気になった」

「……はい？」

「おまえはあの男のことをどう思っているんだ？」

「えっと……邪魔？」

今度はアッシュが目を瞬かせる番だった。

「邪魔？　恋人ではないのか？」

「目が悪いんじゃないですか？」

「なら、どうして一緒に行動しているんだ？」

「彼はわたくしの雇い主ですので」

「……なるほど」

その言葉には、わずかな安堵が滲《にじ》んでいた。フィオナとして彼と過ごしたときには感じなかった甘酸っぱい気配に、アイリスはまたもや目を瞬かせることとなる。

「アッシュ？」

「あぁ……その、なんだ。あの男と戦ったとき、俺は彼が純粋だと思ったんだ」

「ええ、さきほど聞きました」

「あ、いまのはつまり、俺は戦った相手の人となりがなんとなく分かるってことなんだが」

「はい」

明らかにどうでもいい前振り。彼がこの後になにを言おうとしているのか、アイリスは既に察していた。ゆえにそのアメシストの瞳を煌《きら》めかせる。

（わぁ、アッシュが恋する男の子になってますよ。フィオナとして接していたときにはこんな雰囲気にはならなかったんですが……なるほど、彼の好みはこっちでしたか）

――アイリスは友人の恋バナを聞いている気分だった。

前世のときとは性格も違うので、外見だけの話ではない。おそらくは無邪気系ではなく、クール系の性格が好みなのだろう。アイリスはそんな冷静な判断を下している。

だから――

「わたくしも貴方と同意見です。アルヴィン王子が搦《から》め手を使うのは、その信念がとてもまっすぐで、だからこそ手段を選ばないのだと思います」

アイリスは彼の意図を汲《く》み取らなかった。それに気付いたのか、アッシュも夢から覚めたような顔になる。

「……あの男のことをよく知っているのだな」

「わたくしも、彼と剣を交えましたから」

結果こそすべて。戦いで負ければすべて失ってしまう。ゆえに手段は選ばない。数多《あまた》の戦いを経験したアイリスにとって共感できる考え方だ。

悲しい結末に終わった前世の自分であり、可愛い教え子でもあるフィオナを救いたいと、アイリスは心から願っている。その願いを叶えるためになら、手段を選ぶつもりはない。

過程ではなく結果。

どのような手段を使っても、フィオナを救うことが重要なのだ。

無論、フィオナを救って他がすべてボロボロでは意味がない。それは結果が得られているとは言わない。重要なのは必要な結果を得るためにあらゆる手を尽くす、ということだ。

アイリスは、アルヴィン王子も同じだと考えている。アルヴィン王子はなんらかの目的を果たすために、フィオナを追放した。そうすることでしか、目的を果たせなかったから。

(追放された身としてはたまったものではありませんが。というか、フィオナと協力しようとは思わなかったのでしょうか？　王配として実権を握ることも可能だったでしょうに……あれ？　ということは、国王という肩書きに意味があった？　それとも——)

リリエラとの婚姻が目的だったのだろうか、と。そこまで考えた瞬間、アイリスは苛立《いらだ》ちを覚えた。リリエラよりも、フィオナのほうが可愛いのに、と。

（いえ、そういう話ではなかったですね）

　横道に逸れた思考を修正する。

「実はわたくしの教え子の戦い方もすごく純粋で、それでいて可愛いんですよ。いつか機会があったら、アッシュも稽古をつけてやってくださいね」

「おまえの教え子というと、あの子供達ではないのか？」

「いいえ、あの二人とは別です。剣姫で、アルヴィン王子の従妹《いとこ》なんですよ」

「そう、か……俺はいろいろ誤解していたようだな」

　いろいろと察したのか、アッシュは大げさに溜め息を吐く。

「おまえにその気があるのなら、この里で暮らさないかと思ったんだがな」

「せっかくの申し出ですが、雇い主を変えるつもりはありません」

「そうか、残念だがいまは退散しよう。これ以上は、そいつに殺されそうだからな。もし気が変わったらいつでも言ってくれ。俺がおまえを護《まも》ってやるからよ」

　アッシュが身を翻《ひるがえ》して立ち去っていく。

　それから一呼吸置いて、背後から腕を摑まれてぐいっと引き寄せられる。そのまま木陰へと連れ込まれ、腕を大木の幹に押しつけられた。

　押しつけられた腕は頭の上、囚われのお姫様のようになったアイリスは、けれどさほど困ってもいなさそうな顔で襲撃者を見上げた。

「……アルヴィン王子、乙女を暗がりに引きずり込んでどうするつもりですか？」

「ふむ……お仕置き、だろうか？」

「なぜ疑問形なんですか」

「おまえがいろいろと言っているのが聞こえたのでな」

「あら、盗み聞きなんてお人が悪い」

もっとも、彼が近くの木陰にいたことをアイリスは最初から知っていた。というか、一度視線を向けたので、アルヴィン王子もそれに気付いていたはずだ。

「俺を邪魔者扱いされたときはお仕置きをしてやろうと思ったのだがな。その後の会話を聞いて感情が揺らいだ。この気持ちをどう表現すればいい？」

「小娘一人の発言に振り回されるなんて、らしくないのではありませんか？」

「それは——いや、たしかにその通りだな」

アイリスの拘束を解いて一歩下がる。

「すまなかった。少しどうかしていたようだ」

「いいえ、わたくしも、他国の王子の陰口を叩くような真似をして申し訳ありません。予想外のことを聞かれたので、うっかり本音を零《こぼ》してしまいました」

「……おまえというヤツは」

なにやら呆《あき》れられた。

いや、なにやらもなにも当然の結果なのだが。

「アルヴィン王子は、よく分からない方ですね」

「おまえにだけは言われたくないぞ」

アルヴィン王子は憎まれ口で応じ、それから視線を彷徨《さまよ》わせる。それから再びアイリスに視線を定めたとき、彼は真剣な面持ちをしていた。

「アイリス、おまえはこの里に残りたいのか？」

「いいえ、そのようなことはありません」

「だが――」

アイリスは王子のセリフを、首を横に振って遮った。

「賢姫としての盟約や、個人的な興味もあるので、ときどき立ち寄りたいとは思います。ですが、ここに永住したいとは思っていません」

「そう、か……」

こちらの真意を見透かそうとするかのような視線が落ち着かない。アイリスは思わず「この里にいては、フィオナ王女殿下とも会えませんから」と付け加えた。

結果から言えば、その一言は蛇足だったと言えるだろう。

「その問題が解決するとしたらどうだ？」

追放されたフィオナと一緒に暮らすのならどうだ？　と聞かれた気がした。

アイリスは、驚きが顔に出るのをとっさに堪《こら》えた。フィオナとしてのクセも抑え切った。その関連についてだけは、決して顔に出すまいと備えていたからだ。

だが——

「最近は考えていることが顔に出やすいと言っただろう？　そのおまえが、表情一つ動かさなかった。それはある意味、顔に出ているのと同じではないか？」

アルヴィン王子の言葉にはぐうの音《ね》も出ない。

もっとも、ここで白状して手の内を明かすわけにはいかない。アイリスが知っているのは、フィオナが追放されるという結末のみで、彼の目的を知らないからだ。

ゆえに、いまのアイリスに出来るのは、どこまで知っているか曖昧にすることだけだ。

「その解決法がなにかは存じませんが、わたくしの答えは変わりません。もしお嬢様の教育係をクビになったら……そうですね。アイスフィールド公爵領に戻ります」

「そう、か……どうやら、よけいな気遣いだったようだ」

え、いまのは気遣いだったのですか？　とはさすがに聞かない。アイリスは「アルヴィン王子にも気遣いが出来たのですね」と笑い、思いっ切りほっぺを抓《つね》られる。

「……王子、軽々しく乙女のほっぺを抓るのはやめて欲しいんですが？」

「ところで、おまえはアッシュのことをどう思っているのだ？」

「この王子、やっぱり話が通じないっ！　――って、その話まだ続くんですか？」

話を蒸し返されるとは思っていなかったアイリスは驚いた。

「おまえはあの男と初対面のはずだ。だが、昔から知っているような素振り。おまえがあのように親しげな眼差《まなざ》しを向ける相手を、俺はフィオナ以外に見たことがない」

「ほんと、よく見ていますね。わたくしと彼は友人で戦友だったんです」

「初対面ではない、と？」

「信じてくれなくて構いませんよ？」

宴会の席へと戻ろうと歩き出し、アイリスが皮肉めいた笑みを浮かべる。そんなアイリスの横に並んだアルヴィン王子は思案顔をして「愛しているのか？」と問い返してくる。

「この王子、本当に面倒くさい」

「考えが声に出ているぞ？」

「わざとですよ、わざと」

アイリスは溜め息を吐いて、それから前世の記憶を思い返して空を見上げた。

「わたくし、優しい方は好きです。強い方も、誠実な方も、努力家も大好きです。でも、自分を犠牲にしてわたくしを護《まも》ろうとする方は嫌いです」

「それは……ヤツのことを言っているのか？」

アイリスは無言。

貴方もそうなのではありませんか――と、アルヴィン王子を見上げる。

「ふむ。ならば、おまえはどうなのだ？　フィオナのために、ずいぶんと身を粉《こ》にして動いているようだが？　それは自己犠牲ではないのか？」

「それはいいんです。好みの問題ですから」

自己犠牲で誰かを護《まも》る。そういった考え方を嫌っているわけではなく、自分が護られるだけの存在になりたくないという意思表示。

「なるほど……覚えておこう」

「ええ、そうしてください」

隠れ里が魔物の襲撃を受けたあの日も、フィオナを護って犠牲になった男がいた。アイリスはそれに反発し、自分も負けないくらい無茶をして戦場で散った。

その行動に後悔はない。

だが、もしも共闘することが出来れば、少しは結末が変わっていたかもしれない――と、そんなふうに考えながら、アイリスはいつか見たのと同じ星空を見上げた。

6

翌日の昼下がり。

アイリスは一人、隠れ里の一角にある薬草園を訪れた。

風除けの柵に雨除けの屋根。アイリスがレムリア国で賜《たまわ》ったような立派な設備ではないが、そこに植えられているのは紛《まぎ》れもない秘薬の原料となる稀少な薬草達である。

（懐《なつ》かしいなぁ。よくここで、ディアちゃんに作業を手伝わされたっけ）

冒険者だったフィオナの人格が顔を覗かせた。

自然と無邪気な笑顔が零《こぼ》れる。

アイリスはその場に膝をつき、薬草の生長具合をたしかめていく。話に聞いていた通り、薬草の採取が頻繁におこなわれているようだ。

残っているのは特に若い苗ばかりである。

なにより——と、アイリスは土壌に手を添え、土壌の魔力素子《マナ》に意識を向ける。思った通り、前世の記憶にあるほどの濃度を保てていない。頻繁に栽培を繰り返したことで、土壌に含まれる魔力素子の回復が追いついていないのだろう。

秘薬になる薬草の類いは土壌に溶け込んだ魔力素子を養分の一部としている。これが一般的な薬草と違って、魔力素子の薄い地域——魔物の少ない人里でユグドラシルなどが育たない理由である。

このことを、リゼルやレムリアの者達は知らない。

対して隠れ里の者達はその事実を知っている——が、土壌に砕いたクズ魔石を混ぜることで、土壌の魔力素子《マナ》濃度を上げることが出来るという事実をいまの彼らは知らない。

これは、フィオナの何気ない一言から、未来のクラウディアが気付く知識である。それを今日この日、クラウディアに気付かせる。それによって薬草の生長が速くなる。速くなれば薬草の在庫にも余裕が出来る。在庫に余裕が出来れば、ユグドラシルの苗を分けてもらえる。

というのがアイリスの立てた計画である。

「そこでなにをやっている？」

クラウディアの声が響いた——が、その声には少しばかりトゲがある。アイリスはゆっくりと立ち上がって手の土を払い落として、それからスカートの裾を摘んでお辞儀した。

「こんにちは、クラウディアさん。いろいろと話をうかがいたくてお邪魔しました」

「そうか。それで、いまはなにをやっていた？」

かつてのフィオナであればフリーパス。だが、アイリスはよそ者も同然で、大切な薬草園に無断で立ち入ったことを警戒しているのだろう。

それに気付いたアイリスは申し訳ありませんと謝罪の言葉を口にした。

「少し土壌を見せていただいていました」

「……土壌を？」

「はい。人里では育てられないユグドラシルをここでは育てることが出来る。それはこの地の土壌に秘密があるからではないかと思いまして」

（ホントはディアちゃんから教えてもらったんですけどね）

後ろめたさはあるが、ここで賢姫の知識は役に立たないと思われるわけにはいかない。見栄を張った甲斐《かい》はあったようで、彼女の長い耳がピクリと動いた。

「どうして土壌に秘密があると思った？」

「魔物が多く生息する地域ほど、上質な薬草が手に入ると聞きます。ゆえに薬草も、魔物と同じ性質を持っているのではないかと考えました」

魔物が人里を襲うのは食糧不足が原因だと言われている。

だが、魔物は元来、魔力素子《マナ》の濃い地域を好んで暮らしている。彼らは生きていくうえで食料の他に魔力素子を必要としているのだ。

「この辺りの土は魔力素子を多く含んでいるのではないかと考えました」

「……ほう、それで土を触って確認していた、というわけか」

クラウディアが面白いと言いたげに小さな笑みを浮かべた。ちなみに、クールな口調でしゃべっているが、見た目は十四歳くらいの美少女である。

アイリス的には（大人ぶってるディアちゃんも可愛いなぁ）という認識で威厳は感じないのだが、とにかく彼女の興味を引くことには成功した。

「ふむ。賢姫もなかなかやるではないか、少し見直したぞ」

「お褒めいただき光栄です。――ですが、この結論に至ったのは、ある方の教えがあったからで、わたくし一人ではとても思い至れなかったでしょう」

「ほう、そのような者がおるのか？」

「容姿は子供っぽいのですが、優しくて聡明な方で、わたくしにいろいろな知識を与えてくださった、ちょっぴり意地っ張りな女性です」

「……なんだ、それは？」

自分のことを揶揄されていると思ったクラウディアが目をすがめる。だがそれは半分正解で半分ハズレ。揶揄しているのではなく尊敬している友人の話である。

「そういえば、クラウディアさんに少しだけ似ていますね」

アイリスはそう言って笑った。

「……ちっ、おまえと話していると調子が狂う」

「そうですか？」

「あぁそうだ――って、褒めているわけではないぞ。なぜ嬉しそうな顔をする？」

「さぁ、なぜでしょう？」

前世でも同じことを言われたからだ――なんて、クラウディアに分かるはずもない。アイリスはすまし顔で受け流し、これからどうするかと思いを巡らせる。

クラウディアの興味を引くことには成功した。だがなにより重要なのは、クズ魔石を肥料代わりに使うアイディアを彼女自身に閃《ひらめ》かせることだ。

恩師であり友人でもある、彼女の功績を自分が奪うことだけは、自分の矜持が許さない。

問題は、どうやって閃かせるか。

あのときのクラウディアは、フィオナとの世間話を切っ掛けに思いついたと騒いでいた。そのときの会話はいまと同じ、秘薬の類いが人里で育てられない理由について、だった。

（それから、たしか……そう。フィオナが追放されたことに絡めて、結果だけを求めて、なにが重要なのか考えない街の人間は愚かだと、ディアちゃんが吐き捨てて……）

やりとりをぼんやりと思い返していたアイリスは決定的な一言を思い出した。

あのときはフィオナが『もう、そうやって他人を見下して、歩み寄ろうとしないから私しか友達がいないんだよ』とクラウディアに向かって溜め息を吐いた。

その瞬間、彼女は『それだ――っ』と叫んだのだ。

（……どれ？）

答えを知っているアイリスですら、なぜ答えに至ったのかが分からない。かといって、アイリスがそのセリフを口にして『それだ――っ』なんて言ってもらえるとは思えない。

むしろ、追い返されそうな気しかしない。

天才の思考回路は分からないと、アイリスは眉をひそめる。

「ところでアイリス。一つ聞かせてもらえないだろうか？　おまえはそこまで知っていて、どうしてユグドラシルの苗を分けて欲しいなどと口にしたのだ？　持ち帰ったとしても、栽培できないと分かっているはずだが？」

「それは――」

魔石を肥料代わりにする方法を知っているから、とは言えない。

だが、閃くものがあった。

アイリスは素早く会話を組み立てていく。

「魔力素子の豊富な土壌が必要なら、森の土を運べばいいと考えました。たとえ人里でも、秘薬の育成に必要な環境を用意すればなんとかなるはずだ、と」

つまりは〝適している土壌を用意する〟という発想。彼女が『それだ――っ』と口にすることを期待するが、彼女の反応はアイリスの望んだものではなかった。

「……なるほど、それならば栽培は可能か？　いや、それだといくつか辻褄が合わない点があるな。実験をしてみる価値はありそうだが……」

（そこに至ったのに、魔石を肥料代わりにするという発想に至らない？　わたくしの言い方が悪かった？　それとも、いまの彼女には知識が足りていないということ？）

考えてみるが、答えをたしかめる術はない。なんとしても答えに導く必要があるのだが、クラウディアは自分の世界に没頭してしまっている。

「クラウディアさん、なにか分かったのならわたくしにも教えてくださいませんか？」

話してくれなければアドバイスも出来ない。

出来ないのだが、既にまったく聞こえていないようだ。

「クラウディアさん、ちょっと、聞いていますか？　クラウディアさん？　……もぅ、ディアちゃんってばっ！　そんなふうに人の話を聞かないから友達が出来ないんだよっ！」

「……は？」

ジロリと睨まれた瞬間、やらかしたことに気が付いた。すっかり疎遠になっていた幼馴染みに再会して、うっかり昔のように馴《な》れ馴《な》れしくしてしまったような心境。

賢姫であるアイリスは、その自慢の頭を必死に働かせ——

「——すみません、うっかり口が滑りました」

正直に平謝りする。いくら賢姫であろうとも、世の中には取り返しのつかないターニングポイントというものが存在するのである。

「どんな口の滑り方をしたら友達が出来ないなんて話に……友達？　それだ——っ！」

「……どれですか？」

「友達が出来ない、だ。いや、正確には友達なら出来るのか、ということだ」

「友達になら出来る……？　それはつまり、土以外での栽培、ということでしょうか？」

アイリスの知っている結論とは異なっている。結果が伴うのならどちらでもいいのだが、とにもかくにも続けられた説明に耳を傾ける。

「その通りだ。方法さえ間違えなければ、草木は水だけで育てることも出来る。ユグドラシルの苗も同じはずだ。魔力素子《マナ》が豊富なら、土以外でも栽培できる可能性はある」

「……理解は出来ます。ですが、草木である以上、土や水は必要なのでは？」

「ああ、そうだな。だから正確には、魔力素子と栄養が豊富な水か土が必要だろう。だが、水か土、そのどちらかだけである必要はない、ということだ」

「腐葉土を混ぜるのと同じ考え、ということですね」

砕いたクズ魔石を肥料代わりにするという結論に至るのは時間の問題のようだ。ここまで来れば、あとは結果を待つだけで、アイリスが口を出す必要はないだろう。

そう思っていたら、いきなり両手を摑まれた。

「おまえ、アイリスとか言ったな？」

「はい、そうですが……？」

「そうか。ではアイリス。おまえのおかげで素晴らしいアイディアを思いついた。この実験が上手《うま》くいけば、ユグドラシルの苗を分けると約束しよう」

「ありがとうございます、とても助かります」

正直、ここまで上手くいくとは思っていなかった。そう安堵するアイリスに、クラウディアが更なる言葉を重ねる。「なにか私に頼みたいことはないか？」と。

「クラウディアさんに頼み、ですか？」

「そうだ。おまえは私に素晴らしい閃きを与えてくれた。その礼をしたいのだ」

「……なんでも、よろしいのですか？」

期待に満ちた表情を向ける。それで少し警戒されてしまったのだろう。クラウディアは「私に出来る範囲のことならばな」と条件を付け加えた。

だけど、それならばなんの問題もない。

「では、ディアちゃんと呼ばせてください」

「……他に要望はないのか？」

「ダメですか？」

小首を傾げてみせると、クラウディアは大きな溜め息を吐いた。

「……逆に聞くが、おまえはそれを願いにすることに抵抗はないのか？」

「それは……」

仲良くなったからディアちゃんという呼び方を許すのではない。ただ恩人の願いだからそれを容認する。そんな関係が望みなのか――と、そう聞かれている。

「申し訳ありません、さきほどの願いは撤回させてください」

「……そうだな。その代わり、呼び捨てならば許してやろう。それに、この里に滞在中はいつでもここに来るがいい。……ひとまずは、研究仲間として」

「それって……」

ディアちゃん呼びはともかく、仲間としては認めてくれるという意味。それに気付いたアイリスは喜びに目を輝かせる。

「勘違いするな。そなたの知識はなかなか興味深いと思っただけだ」

「ふふっ、クラウディアはツンデレですね」

「誰がツンデレだ。言っておくが私を裏切るような真似をしたら叩き出すからな」

「はい、ありがとうございます」

裏切らなければ好きにしていいという意訳。無邪気な好意を隠そうとしないアイリスを前に、クラウディアは不満顔でそっぽを向いた。


数日後、アイリスは族長に呼び出された。

「そなたを呼び出したのは他でもない。精霊達に話を聞いたところ、本人達に自覚がないにもかかわらず、そなたと繋がりを持っている精霊がいることを確認できた」

「では、わたくしの話を信じてくださるのですね？」

「そう、じゃな。アッシュやクラウディアからも信頼に値する人間だという報告を受けている。よって、わしはそなたの言葉が事実であるという前提で動くことにした」

アイリスはほうっと息を吐いた。

隠れ里に住む者達は英雄やその末裔達である。

もちろん、すべての人間が規格外なわけではないし、必ずしも戦闘力に優れているわけではないが、備えさえしっかりすれば魔物の襲撃にも対抗しうる力があるのは事実。

これでアイリスが前世で経験したような悲劇を繰り返すことだけは回避できるだろう。思ったよりも簡単に、最大の難題に解決の兆《きざ》しが見えたと安堵するが——

「昨夜のうちにそなたの主、レムリアの王子とも話し合ってな。かつての盟約に従い、再び協力態勢を築くこととなった。ひいてはその手始めとして、そなた達一行にアストラルラインのたまり場へ立ち入る許可を出した」

「え？　お、お待ちください。わたくしに、ではなく、わたくしの一行に、ですか？」

嫌な予感を覚えて、慌てて確認を取る。

そういえば、朝からアルヴィン王子の姿を見ていない。

「うむ。王子は既にアストラルラインのたまり場へ向かった」

アイリスは無言で天を仰いだ。

エピソード3

それぞれの思惑

1

魔の森は決して平坦な森ではない。山まではいかないまでも、丘はいくつか存在する。そんな丘の一つに火口のような窪みがあり、そこがアストラルラインのたまり場となっている。

アイリスはそのアストラルラインを目指して疾走していた。

剣精霊の加護で身体能力を全開まで引き上げて、うっそうとした獣道を風の魔術で切り拓き、案内役の男を置き去りにして全力で丘を駆け上がる。

「もぅもぅもぅっ！　どうしていつもそんな無茶ばっかりするんですか、お兄様はっ！」

基本的に心の中でしか呼んでいなかったお兄様呼び。無意識にその言葉を声に出して連呼するほど、アイリスは焦りと怒りを滲《にじ》ませていた。

アルヴィン王子が敵か味方か、アイリスはいまだに判断できずにいる。

だが、アルヴィン王子が敵ならば、彼が精霊の加護を得るのは絶対に避けなくてはいけないし、味方なら彼が精霊の怒りを買うのは絶対に避けなくてはいけない。

どっちにしても危険を孕《はら》んでいる。

つまりは五分五分《ぶ》――ではない。

アイリスはこれが分の悪い賭けになると予想している。だから、なんとしてもアルヴィン王子が精霊の試練を受ける前に止める必要があると焦っていた。

普通なら一時間は掛かる距離。

それをわずかな時間で駆け上がり、たどり着いた丘の頂上。いままさにアストラルラインのたまり場へと続く窪みに降りようとするアルヴィン王子を見つけた。

アイリスは手のひらに拳を打ち付け——それから王子の下へと駆け寄った。

「アルヴィン王子っ！」

「……ちっ、もう来たのか」

「もう来たのか、ではありませんっ！　精霊の試練は危険だと申し上げたはずです！」

「だとしても、里の者達から許可はもらった」

おまえに止める権利はないと言いたげな口調。

アイリスの心は急速に冷めていった。

「口にしなければ分かりませんか？　わたくしが認めないと、そう言っているのです」

「ほう？　ならば、俺が従わなければどうするのだ？」

「力尽くで止めます」

アルヴィン王子が嗤《わら》った。

「おまえに、それが出来るのか？」

「王子こそ、後で泣いても知りませんよ？」

アイリスとアルヴィン王子が睨み合う。

「やめるんだ、アイリス嬢。彼は族長の許しを得てここに来ているんだぞ」

「アルヴィン様、おやめくださいっ！」

アルヴィン王子を案内してきた男と、同行者であるクラリッサがそれぞれを止めようとする。

だが、二人はそれに応じず、逆に下がっているようにと命じた。

押し問答の末、同行者の二人を離れた場所まで退避させる。

「さて、これで邪魔する者はいなくなったわけだが……戦う前に一つ確認させてもらおう。俺が勝った場合、俺が試練を受けることを認めるな？」

「ええ。その場合は潔《いさぎよ》く引き下がります。ですが、わたくしが勝った場合は、王子が試練を受けることは諦めてもらいます」

「……いいだろう。ならば――」

「尋常に――」

「――勝負っ！」」

二人の声が重なり、同時に動き始める。

アルヴィン王子は即座に距離を詰めようと飛び出した。それと同時、アイリスは側面へと動き、アルヴィン王子の進路上から退避する。

刹那《せつな》、アイリスがいた空間を銀光が斬り裂いた。

いつか彼がアイリスを襲ったときに使った殺さずの魔剣ではなく、数多《あまた》の敵の血を啜《すす》ってきたであろうアルヴィン王子の愛剣。その一撃には殺意が込められていた。

（お兄様……本気なんですね。ならば、わたくしも本気で応じましょう）

いま、彼に試練を受けさせるわけにはいかないと魔術を放った。だが、アルヴィン王子はステップを踏んで回避。側面へ回り込みながら、アイリスの胴を狙って剣を振るった。

その一撃は速く、アイリスの回避は間に合わない。魔術を放った直後で、いまから結界を展開していては間に合わない。止められぬ一撃がアイリスの胴に吸い込まれる。

響いたのはキィンという甲高い音。

アルヴィン王子の剣を、アイリスは一振りの美しい剣で受け止めていた。クルリと手首を返して王子の剣戟《けんげき》を受け流し、その勢いそのままに反撃の一撃を振るう。

アルヴィン王子は跳び下がって距離を取った。

「……馬鹿な、その剣は、まさかっ」

「さすがの博識、この剣をご存じでしたか」

アイリスは剣の装飾がよく見えるように中段に構える。

剣に刻まれているのはレムリア王国の紋章だ。そしてなにより、刀身が淡い光を纏っている。

そんな剣は、伝説の上でも一振りしか存在しない。

「……なぜだ。リゼルの賢姫であるおまえがなぜ、初代剣姫の魔剣を持っている！　その魔剣は魔族との戦いの中で失われたはずだ！」

声を荒らげるアルヴィン王子の瞳の中に、疑念がじわりと滲《にじ》んでいく。失われた魔剣を、密かにリゼル国が回収していたのではと疑っているのだ。

「王子の考えていることは的外れだと申し上げておきましょう。そもそも、わたくしが持っているという認識からして間違いです。この魔剣の所有者はアストリア、ですから」

「……アストリア？　それは一体、どういうことだ」

精霊の加護。それにはいくつか種類がある。たとえば剣精霊の加護であれば身体能力が上がり、魔精霊の加護であれば魔力が上がる。一般に知られているそれらは、精霊に与えられた加護としては初歩的なものでしかない。

たとえば、アイリスがフィストリアを顕現させ、その力を使ってグラニス王を癒やした。あれは、アイリスに加護を与えているのがフィストリアだからこそ扱えた固有の能力である。

アストリアも同じだ。

剣精霊アストリアの固有能力として、魔剣を顕現させる能力がある。初代剣姫が振るっていたのも、いまアイリスが振るっているのと同じ、アストリアの力で顕現した魔剣なのだ。

けれど、その事実をアルヴィン王子に教えるつもりはない。

少なくとも、いまは。

「教えて欲しければ、わたくしに勝つことですね」

「いいだろう。おまえに勝つ理由が増えた。――いくぞっ！」

再びアルヴィン王子が飛び出した。そう思った瞬間には横薙ぎの一撃が迫っていた。

アイリスが剣を跳ね上げて、その一撃に合わせる。互いが弾かれて軌道を変え、アルヴィン王子の剣はアイリスの頭上を掠めるように振り抜かれた。

だが、まだ終わりではない。

彼の剣は弧《こ》を描き、再びアイリスに迫る。アイリスの剣も対照的な弧を描き迎撃する。息を吐かせぬ連撃すべてをアイリスは丁寧に弾き返していく。

魔剣同士の奏《かな》でる音色が丘の上に響き渡った。

三つ、四つ、五つと続けざまに響き、それが十を軽々と越えていく。たった一度のミスが命取りになりかねない。そんな極限状態においてアイリスは――笑っていた。

「なにがおかしい？」

「……おかしい？　おかしいことなどなにもありません。ただ――楽しいだけですわ」

前世ではどうしても届かなかった。憧れの従兄《いとこ》と渡り合っている。感慨もひとしおで、アイリスは嬉々《きき》として剣を振るう。

ストリンジェンド《だんだん速く》。響く剣戟の音が激しさを増していく。音楽を奏でるように美しいリズム。

それが不意に――変則的になった。

一拍空き、それから続けざまに二連。

アルヴィン王子の剣が虚実織り交ぜてフェイントを入れるが、アイリスは即座に対応。素早く魔術を展開して牽制の一撃を放った。

アルヴィン王子は即座にバックステップを踏む――が、それはアイリスの望んだ展開だ。彼が距離を取って出来た一瞬の隙、彼女は無数の魔法陣を展開した。

「――なっ⁉」

「動かないでくださいね、アルヴィン王子」

動けば魔術を発動させると警告する。

その言葉に、アルヴィン王子は更に目を見張った。

「おまえはまさか、魔法陣を発動させずに維持できるのか？」

「ちょっとしたコツがあるんです」

魔法陣は放っておけばほどなく消えてしまうが、それは魔法陣を描く魔力が尽きるから。魔力を補充すれば魔法陣を維持することは出来る。

無論、維持しているあいだは魔力を消費するわけだが、そのコストはそんなに高くない。リリエラとの手合わせでも使ったアイリスの奥の手の一つである。

「それよりも、さすがのアルヴィン王子もこれだけの魔法陣から放たれる攻撃を回避するのは不可能でしょう？　痛い目を見る前に降参していただけますか？」

「……おまえ、前に俺と戦っていたときは実力を隠していたな？」

「あら、それは王子も同じでしょう？　それに、わたくしが全力でないことにも気付いていたはずです。わたくしが気付いていたのと同じように」

違いますかと笑いかけると、苦々しい表情が返ってきた。

「それは認めよう。だが、これは想像以上だ。まさか、ここまでの実力とはな」

「では、降参していただけますね」

「いいや、降参するのはおまえのほうだっ！」

アルヴィン王子が重心を移す――その一瞬に、アイリスはすべての魔法陣に魔力を注ぎ込んだ。王子を包囲するように半円状に展開された魔法陣から一斉に魔術が放たれる。

炎、風の刃、電撃、その三種類の攻撃が一斉にアルヴィン王子に襲いかかった。

そのどれもが受ければただではすまない威力を秘めている。圧倒的な魔術の奔流《ほんりゅう》。アルヴィン王子はそれらの魔術を――斬り裂いた。

自分に直撃する魔術だけを斬り裂き、爆炎を隠れ蓑《みの》にアイリスに迫る。

完璧なタイミングでのカウンター。

だが、アイリスならば防御するだろうとの確信がアルヴィン王子にはあった。そんなアルヴィン王子の予想はある意味では正解で、ある意味では間違っていた。

反撃を受けたアイリスは、アルヴィン王子の剣に対して左腕を差し出したのだ。

「――っ」

達人同士の戦い。

それが殺し合いに至らぬのは、相手の行動を確信しているからに他ならない。さきほど、アイリスが放った魔術も、アルヴィン王子が防ぐと信じて放った。

もしも彼がまともに食らっていれば、命の危険すらあっただろう。つまり、相手が致命的なミスを犯せば命を奪うこともある。

そして、いまがそのときである——と、アルヴィン王子は恐怖した。まさか、アイリスが無防備に左腕を差し出すとは思わず、とっさに剣を止めようとする。

だが間に合わない。アイリスの差し出した左腕にアルヴィン王子の魔剣が吸い込まれ——ガキンと、想像していたのとは異なる音が響く。

そして——アルヴィン王子の喉元には、アイリスの魔剣が突きつけられていた。

2

「わたくしの勝ち、ですね——って、危ないっ」

アイリスの勝利宣言が終わるより早く、アルヴィン王子が左腕に飛びついてくる。突きつけていた魔剣が彼を傷付けそうになり、アイリスは慌てて剣を引いた。

「ア、アルヴィン王子、なにを考えているんですか!?」

「それは俺のセリフだっ！」

前世を通しても見たことがないほどの剣幕で怒鳴りつけられる。それと同時に、アルヴィン王子はアイリスの腕を触診し始めた。

「腕は大丈夫……なのか？」

「打ち身くらいにはなるでしょうね。ですが、精霊の加護で斬撃に対する耐性を獲得していましたから、致命的な怪我は負っていませんよ」

アイリスが隠していた奥の手の一つだ。

アッシュを師として仰いでいた前世の彼女は、武術の精霊からの加護を受けている。アルヴィン王子を見つけた直後、手のひらに拳を打ち付けたときに加護を発動させたのだ。

「斬撃に対する耐性、だと？　アッシュのアレか……驚かすな、まったく」

「もしかして、心配……してくれたのですか？」

「当たり前だ、この馬鹿」

なぜアイリスが拳精霊の加護を持っているのか――と、当然出てくるはずの疑問を口にしない。それだけアイリスのことを心配しているのだ。

それに気付いたアイリスは、ガラにもなくうろたえた。

「えっと……その、ごめんなさい」

「いや……いい。俺のほうこそ冷静でなかったようだ」

「いえ、そんな……」

甘ったるい空気というよりも、気まずい空気が周囲を支配していた。誰かなんとかしてください と願うアイリスだが、残念ながら空気を読んだクラリッサ達は遠くで見守っている。

いや、こちらの会話は聞こえていないはずだが。

「こほん。と、とにかく、わたくしの勝ちですね」

この空気は自分でなんとかするしかないと、アイリスはツンと振る舞ってみせた。対してアルヴィン王子はなにかに耐えるように唇を噛んで、それから小さく頷《うなず》いた。

思った以上に潔く、また憔悴《しょうすい》もしている。

「……なぜ試練を受けようとしたのか、その理由をうかがっても？」

「決まっているだろう、力が必要なのだ」

「それは、王位を簒奪《さんだつ》するため、ですか？」

「滅多なことを口にするな――とおまえには隠しても無駄か」

どくんと、アイリスの鼓動が跳ね上がった。

ついに、アルヴィン王子に王位簒奪の意思があると認めさせることが出来た。前世の彼がなにを思ってフィオナを追放したのか、その真相をここで知ることが出来る。

「おまえは、レスター侯爵の話を聞いてなにを思った？」

「残酷な悲劇だと思いました。意思の疎通さえ出来ていれば防げた悲劇だと」

「……そうだな。そして俺は、繰り返してはならないと強く思った」

思い詰めた表情に強い意志が宿っている。

「剣姫が短命なのは知っているか？」

「騎士が総じて短命なのは自然の摂理《せつり》です」

この国で多発するのは戦争ではなく、魔物の襲撃だ。戦争ほど被害が多いとは言えないが、それでも毎年多くの犠牲者が出る。

戦いに身を置く者の平均寿命は当然ながら短くなる。

「その通りだ。だが、女王や王妃であろうともその事実が変わらぬのは間違っている」

「……それは、そうかもしれませんね」

命の価値が異なると言えば反発を招くだろう。

だが、貴族なら当然、商品を運ぶ商人だって護衛を伴うことがある。その護衛の任に就いているのがこの国の女王や王妃。そう聞けば、明らかにおかしいと思うはずだ。

「昔はそうでなかったと聞く。日頃から魔物の襲撃も頻繁で、騎士達では対処できないような危機に瀕《ひん》したときのみ、護衛を伴った剣姫がその解決に当たっていた」

「だけど、いまは違う、と？」

「フィオナの母親が亡くなったのはそれが原因だ。王太子と王太子妃の一行であるにもかかわらず、剣姫である王太子妃が戦力に含まれ、護衛の数が最小限に抑えられていたのだ」

「……だから、フィオナ王女殿下を追放しようと考えたのですか？」

剣姫であり女王。その地位に使い潰されるよりは、平民として生きたほうがいい、と。アイリスは、いつからか自分が追放された理由に思い至っていた。

だけど、だからといって、信じていた者に裏切られた悲しみが癒えるわけではない。それになにより、アイリスは誰かを犠牲に自分だけ逃げるのが嫌いなのだ。

「……もしもわたくしがフィオナ王女殿下なら、貴方と共に戦う道を望みます」

「おまえが次期女王なら、俺も迷ったりはしなかったさ」

「ふぇ？」

完全な不意打ちだった。

「そ、それは、どういう意味、ですか？」

「おまえなら、自らの力で逆境を撥《は》ね除けると分かっているからな」

「そ、そぅですか。だったら……いいんですけど」

いや、いいのかな？　と疑問が湧き上がるくらいにアイリスは混乱していた。

フィオナであった頃の彼女は、おまえには無理だとアルヴィン王子に逃がされた。だけどいまの彼女は、おまえなら大丈夫だとアルヴィン王子に認められた。

その複雑な心境に、どう対応すればいいかが分からない。

「えっと……いえ、わたくしの話じゃありません。フィオナ王女殿下を失脚させるつもりなのですか？　もしそうなら――」

「もしいまでもそう思っていたら、おまえにこの話をしたりはしない。おまえが現れてフィオナは様々なことを学ぶようになった。それに、国の情勢も安定してきたからな」

「……状況が変わったと、そういうことですか」

既にその情報が古くなっているからこその告白。

いまの状況から考えて、既にフィオナ王女殿下の失脚が完了している、ということはあり得ない。であれば、プランを変更したと考えるのが妥当だ。

新しいプランにアイリスが賛同すると、アルヴィン王子は確信しているのだろう。だからこそ、フィオナを追放するつもりだった、なんて過去形で白状をしたに違いない。

「結局、貴方はなにを考えているのですか？」

「いま抱えている問題を解決する、ただそれだけのことだ」

「……問題。頻発する魔物の襲撃と、人々の意識改革、ですか？」

この国が平和になれば、剣姫に限らず兵士が身を危険に晒《さら》す頻度が下がる。余裕が出来れば、非常時にも万全の態勢で対応できるようになるだろう。

そして二つ目は……困ったことがあればすぐに剣姫に頼るという意識の改革だ。無論、剣姫でなければ対応できないような状況は別だが、そうでないのなら、という意味である。

「そうだ。そのために俺には力がいる」

「剣姫の代わりに力を振るうため、ですか。……本末転倒ではありませんか？」

「剣姫にすべてを押し付けるわけにはいかぬ。これからはおまえ達がなんとかしろ——と、口にするだけでなんとかなるのなら苦労はせん」

「……それは、たしかに。そうかもしれませんね」

これが絶対的な権力を持つ者のセリフなら別だ。多少の軋轢《あつれき》はあっても、権力を駆使して変えてしまうことも不可能じゃない。

だが、アルヴィン王子は妾が産んだ庶子である。その手腕により現在の地位を確立してはいるが、周囲との軋轢を生めば失脚もあり得るだろう。

「だから、精霊の試練を受けようとした、と？　気持ちは分かりますし理解も出来ます。でも、ダメですよ。いまの貴方はきっと精霊の試練に合格できません」

「……なぜだ？」

「うぅん、どうしてでしょうね？　実のところ、わたくしにもよく分かりません」

ジト目で睨みつけられるが、アイリスとて冗談を口にしているわけではない。

「精霊の試練とは、精霊と縁のない人間が実力を示すために受けるんです。でも、アルヴィン王子はレムリアの城で暮らしていて、精霊と縁がない、とは言えないと思うんですよね」

人間にも相性や好みがあるように、精霊にも好みや相性がある。ゆえに、実力さえ伴えば誰にでも加護を与える、というわけではない。

アストラルラインの真上で生活しているアルヴィン王子は、それなりの数の精霊に見られているはずだ。なのに、アルヴィン王子はいままで加護を受けていない。そこになんらかの理由があるのだとしたら、精霊の試練を受けるのは非常に危険である。

これがアイリスの出した結論だ。

「つまり、俺は精霊に嫌われる体質だと？」

「そうかもしれませんし、違うかもしれません。けれど、その原因が分からぬ限り、精霊の試練を受けるのは避けるべきでしょう」

「……なるほど。では、精霊に直接聞いてみる、というのはどうだ？」

「言うと思いました――が、やめておいたほうがいいでしょう。それ自体が貴方に対する精霊の試練、という可能性も否定できませんから」

その試練の内容を知ることで資格を失う可能性がある、ということだ。あくまで可能性だが、万が一を考えれば触れるべきではない。

「そんなわけですから、今回は諦めてください。フィオナ王女殿下を護《まも》るために力が欲しいというのなら、わたくしも力を貸しますから」

「…………」

なにか言いたげな顔をされる。

「なんですか？」

「いや、少しおまえに護《まも》られる自分が不甲斐《ふがい》ないと感じただけだ。アイリス、この借りはいつか必ず返すと約束しよう」

「その必要はありませんよ。貴方にはたくさん護《まも》られてきたようですから」

「……おまえは、なにを言っているんだ？」

「さぁ、なんでしょう」

アイリスは相好を崩し、アストラルラインのたまり場へと向かうために身を翻した。

「それでは、精霊の試練を受けてくるとしましょうか」

3

丘にある窪み。

それは火山にある火口のような形をしている。ただし、底から湧き上がっているのはマグマではなくアストラルラインの力そのものだ。

また、どこかに水脈があるのか、窪みの底には幻想的な泉が存在している。これが原因で、ここには炎に関連する精霊が寄りつかない、と前世で耳にしたことがある。

そんな泉の縁に立つと、黒い光のようなモヤが集まってくる。

それがゆっくりと人型をなし、ほどなくして黒髪の美男子に変わった。アイリスの知らない精霊だが、尋常ならざる力を纏っているのがひしひしと伝わってくる。

「この地に何用だ？」

「わたくしはアイリス・アイスフィールドと申します。精霊達に話をしたいと思っているのですが……貴方はなにを司《つかさど》る精霊でしょう？」

「俺は闇精霊、ダストリアだ」

精霊はとても把握できないほどの種類が存在するが、その中でも上位に位置するのが、地、水、風、火の四属性に光と闇を加えた属性に分類される精霊である。

つまりダストリアは、アイリスがいままで出会った精霊の中で最上位に位置する精霊だ。

アイリスは息を呑みつつもカーテシーをする。

「よい、精霊の俺に、そのような格式張った礼儀は不要だ」

「――分かりました」

精霊は妙に人間くさいところがある。

礼儀は不要と言いつつ、敬語をやめた途端不興を買う――なんて可能性もゼロではないが、それよりもその言葉に従わなかった場合のほうが問題だと考えた。

アイリスは肩の力を抜いて、フィストリアと接するときのように気持ちを切り替える。

「それで、闇精霊がなぜわたくしの前に姿を現したのでしょう？」

「うむ。そなたに加護を与えている精霊達が困惑していてな。状況を鑑《かんが》み、俺が精霊を代表して、そなたと会うことになったのだ」

いつの間にか知らぬ相手に加護を与えていた。

少しものの見方を変えれば、いつの間にか加護を奪われていたとなりかねない。精霊の怒りを買っている可能性に思い至り、アイリスはわずかながらに焦りを覚える。

「わたくしもちょうど、その件でこの地を訪れました。ダストリアにはお手間をお掛けして申し訳ありませんが、少し話し合いにお付き合いいただけるでしょうか？」

「構わぬ。俺もアレが目に掛けるおまえのことが気になっていたからな」

「アレ……フィストリアのこと、でしょうか？」

「ん？　あぁいや、そうではない。まぁこの話はここまでだ」

追及を阻《はば》まれる。

少し気にはなるが、さりとて重要なことではないと疑問を隅に追いやった。

「では、私の持つ加護について話をさせていただきます」

「ああ、そうだな。おまえはなぜ、会ったこともない精霊の加護を受けている」

「その質問は誤《あやま》りです。わたくしはこの地で精霊の試練を受けたことがあるのです」

「……精霊を相手に嘘偽りを申すのは許されぬ悪徳だぞ？」

闇精霊から闇のオーラがにじみ出る。怒っているというよりは試しているというのが正解だろう。アイリスは焦ることなく闇精霊を真っ向から見据える。

「フィストリアの加護に懸《か》けて、嘘偽りは決して申しておりません。ただし、受けたことがあるという言葉が適切かどうかは、一考の余地があるでしょう」

「そなたが未来より舞い戻った転生者である、という話か」

「……バード族長から聞いているのですか？」

「あの者に力を貸す精霊を通して、だがな」

ならば話は早いと。アイリスは族長に話したことを繰り返し、それが事実であると訴える。

「……なるほど、その言葉の真偽はあとでたしかめるとして、そなたの目的はなんだ？」

「与えられた加護の再取得。そのために試練を受け直したいと考えています」

加護とは、すなわち精霊から与えられる助力である。極端な言い方をすれば、精霊と親睦を深めるほどに引き出せる能力が上がる。

いまのアイリスが発動できる加護の多くは、前世のときよりも弱くなっている。

「……なるほど、事情は理解した。ならば、そなたの記憶を見せてもらおう」

「わたくしの記憶を？　そのようなことが可能なのですか？」

「どの精霊にも出来ることではないが、な」

精霊は嘘偽りを嫌う。闇精霊が可能だと言うのなら、それは可能ということだろう。自分の記憶を覗かれることに躊躇《ためら》いはあるが、それも必要なことだと割り切ることにした。

「分かりました。わたくしの疑惑を払うために、ぜひお願いいたします」

「では少しジッとしていろ」

「はい――え？　ちょっと」

肩を抱かれて、顔を寄せられる。とっさにアイリスは闇精霊を突き飛ばした。

「……なんのつもりだ？」

「それはこちらのセリフです。一体なにをするつもりですか？」

「記憶を読むと言っただろう」

「そうではなく、その手段です」

さきほどの体勢はまるで、キスをしようとしているかのようだった。闇精霊がいくら人間離れした美男子だったとしても、決して許せることではないと警戒する。

「あぁ……誤解するな。記憶を読み取るには、額同士を近づける必要があるのだ」

「顔を近づけるだけ、ですか？」

「そうだ。というか、精霊が人間に不埒《ふらち》なことをするとでも？」

「………………いいえ」

フィストリアやアストリアのあれこれが思い浮かぶが、それらを飲み込んで否定する。

「なにやら気になる態度だが……まぁいい。では、今度こそ記憶を読み取らせてもらおう」

闇精霊が額を寄せると、アイリスの脳裏に様々な光景が浮かび始める。

アイリスとして過ごした記憶と、フィオナとして過ごした記憶。様々な思い出がまるで紙芝居を見せられているかのように、脳裏に浮かんでは消えていく。

その数は際限なく増え続け、アイリスの脳裏は様々な光景で埋め尽くされた。

不思議と負担は感じない。アイリス自身が忘れかけていた思い出すらも、意識を向けることで鮮明に思い浮かび、それがちょっと面白いと笑う。

アイリスが思い浮かべたのは、フィオナがアルヴィン王子によって追放されたときの光景だった。フィオナを追放するアルヴィン王子は――感情を押し殺すような顔をしていた。

当時は、邪魔者の排除を為し遂げた喜びを隠しているのだと思っていたアイリスだが、事情を知ったいまではそうでないことが分かる。

アルヴィン王子にとって大切な存在だからこそ、フィオナを城から遠ざけた。

（まぁ、わたくしはそんなこと、ちっとも望んでいなかったわけですが……）

当時の彼女がその事実を知ったら泣きじゃくっただろう。

自分はそんなに頼りないのか――と。

もっとも、いまのアイリスから見れば、当時のフィオナはとても頼りない。自分がアルヴィン王子だったとしても、同じ選択をしていた可能性は高いとも理解している。

その辺り、アイリスにとっては非常に複雑な心境である。

――そんなふうに考えていると、脳裏に浮かんでいた光景がゆっくりと消えていく。気が付けば、闇精霊がアイリスから距離を取っていた。

「そなたの言葉が真実であると確認した」

まっすぐにアイリスを見つめ、それから厳《おごそ》かな声で言い放った。そういえば、自分に前世の記憶があることを証明している最中だったなとアイリスは思い出した。

「お手間をお掛けして申し訳ありません」

「さっきも言ったが構わぬ。それよりもそなたは、なかなか数奇な運命を抱えているようだな。その運命を覆《くつがえ》すことこそが、そなたの真の目的、というわけか」

その問いに対して沈黙する。

アイリスの記憶をすべて見た後ならば、その目的も自《おの》ずと理解しているはずだ。なのに、なぜそのような確認をするのかと疑問を抱いたからだ。

記憶の一部だけしか確認していないのか、もしくはすべてを知った上での形式的な確認なのか――と、そこまで考えたアイリスは、静かに息を吐く。

(少し落ち着きましょう。彼は精霊であって、普段相手にしている権謀術数《けんぼうじゅっすう》にまみれた貴族達とは違う存在。妙な深読みはしないほうがいいはずです)

深呼吸を一つ。それからその通りですと肯定の意を示した。

「なるほど、そなたの人となりを理解した」

「では、精霊の試練を受け直させていただけますか?」

「その必要はない」

「……それは、どういう意味でしょう？」

きゅっとスカートの裾を握り締める。

フィオナとアイリスの身体的な能力にそれほどの差はない。鍛え方は圧倒的に劣っているが、素質的な意味では優れている部分も多い。

だが、能力的に条件を満たしていても、必ずしも精霊から好かれるとは限らない。加護を逆に剝奪《はくだつ》される可能性を危惧《きぐ》するが、結果から言ってしまえばそれは杞憂《きゆう》だった。

「俺が見た記憶の一部を、おまえに加護を与えている精霊達とも共有した。まぁ早い話が、おまえがどのように試練を突破したのか確認した、というわけだな」

「それでは……？」

「ああ。おまえには正式に加護を与えるそうだ」

言うが早いか、アイリスの周囲に様々な色の光が集まり始めた。

拳精霊のグラウシスに、弓精霊であるレイルシュタット。その他アイリスが前世で契約した精霊達が形をなして、レムリア王城にいるはずのアストリアまでもが姿を現した。

それぞれの精霊を象徴する光の粒子がアイリスに降り注ぐ。幻想的な光景の渦中《かちゅう》に立つアイリスは、次々に加護を授かっていく。

自らの能力が引き上げられているのを全身で感じる。

「どうだ、すべての加護を最大限まで取り戻した感想は」

「これほどの実感を抱くとは思いませんでした。ダストリアにも感謝いたします」

感謝の言葉を伝え、精霊達が帰っていくのを待つ。アストリアを始めとした精霊達は順番に姿を消していき、最後にダストリアだけが残った。

「アイリス、そなたに忠告しておこう。そなたは前世の記憶を頼りに未来を予測しているようだが、既にそなたが思っているよりも歴史は変化しつつある。それを自覚するがよい」

「……わたくしが思っているよりも、ですか？」

「たき火を焚くことで雨が降ることもある。それが巨大なたき火であればなおさらだ。自然現象ですらも、人の行動で変わると知っておくべきだ」

アイリスはその身を小さく震わせた。自分が干ばつを防ぐことで、これから起きるはずの自然現象すらも変えてしまった、その可能性に思い至ったからだ。

「ご忠告……感謝いたします」


精霊達との再契約を終えて丘に戻ると、アルヴィン王子が待ち構えていた。

「アイリス、ずいぶんと遅かったな。なにかあったかと心配したぞ」

「遅かった、ですか？」

問い返すと、アルヴィン王子は空を指差した。

昇りかけだった太陽は森に隠れて見えず、空があかね色に染まり始めている。記憶を読み取る作業でずいぶんと時間を食ったようだ。

逢魔《おうま》が時。空を美しく染め上げるその時刻は、人々を不安にさせるともいわれている。だから、だろうか？　アイリスは闇精霊の忠告を思い出し、言い様のない不安を覚えた。

「アイリス、どうした？　精霊の試練とやらには合格したのではないのか？」

「その件については問題ないのですが、少し気になることを言われまして」

「気になること、か。よく分からんが話せ。相談くらいは乗ってやろう」

アルヴィン王子らしい物言い――だが、気遣ってくれているらしい。それに気付いたアイリスは自然と笑みを零《こぼ》す。

「……そうですね。そろそろ頃合いかもしれません。既にお気付きのことと思いますが、わたくしはある種の未来予知をしていました」

「やはり、か。干ばつの件はあからさまだったからな。他にもいくつか心当たりがある」

アルヴィン王子のあいづちに対してアイリスもまた頷《うなず》き返す。彼にこの事実を受け入れてもらうために、アイリスはいままでその事実をほのめかしてきた。

彼がその事実に信憑性を抱くことまで、アイリスの思惑通りである。

「ただし、わたくしの未来予知には大きな欠点があります。わたくしが知るのは、いまから数年分の、たった一つの未来の可能性だけなのです」

「数年分、それだけあれば様々なことが可能だと思うが……？」

「わたくしもそう思っていました。ですが精霊に忠告されました。人の行動を変えれば、自然現象ですらも変わることがある、と」

アルヴィン王子が難しい顔をした。アイリスの言葉の本質を考えているのだろう。

「わたくしは干ばつによる被害を最小限に留めました。ですが、わたくしの知る未来では大きな被害を受けて、多くの人々が飢え、リゼル国との関係悪化にも繋がりました」

「……アイリスの知る未来は、その被害が前提の未来、というわけか。……たしかに多くの水車を設置したことを考えても、既に自然現象ですら変化しているな」

アイリスがまだ気付いていなかった事実。水車によって水の流れが変えられている。全体から見れば些細な量ではあるが、確実に自然もアイリスの知る未来とは変わっている。

「アイリス、おまえの変えた未来は、他にどのようなものがあるのだ？」

「それは……」

動きを止め、じぃっとアルヴィン王子の顔を見つめる。アイリスはいままで、前世で彼に裏切られたと思っていた。少なくとも、その可能性を捨て切れずにいた。

だが、前世の彼がフィオナを護《まも》るために遠ざけたことだけはおそらく事実だろう。

それを前提に考えれば、アルヴィン王子は敵じゃない。ただし、味方とも言い切れない。フィオナが危険に晒《さら》された場合、前世と同じことを繰り返す可能性があるからだ。

それを回避するためにも、王子を味方に引き込む必要がある。

だから——と、アイリスは自分の変えた過去を打ち明けることにした。

「最初に変えたのは、クラリッサの命運です。リゼル国から帰還後、彼女は貴方の前から姿を消しています。おそらくはあのときの襲撃が原因でしょう」

それはアルヴィン王子にとって少なからず衝撃だったのだろう。彼はわずかに目を見張って、それから「……続けてくれ」と静かに口にした。

「次はレベッカ、それにネイトとイヴですね。脅されていたレベッカが敵を城内に引き入れることで、フィオナ王女殿下が襲撃される事件がありました」

「……レベッカだと？　だが、彼女は俺も内通者としてマークしていた。そのようなことをさせるはずがないのだが……いや、そうか。クラリッサがいない未来、というわけか」

内通者の挙動をマークしていたのはクラリッサ。彼女を失ったことで情報の伝達に齟齬《そご》をきたし、内通者の動きを摑み損ねた可能性がある、ということ。

「クラリッサとずいぶん仲がよいのですね？」

「なんだ、ヤキモチか？」

「いいえ、純然たる好奇心です」

半眼になると、なぜか頭を撫でられた。

「あいつは同志みたいなものだ。おまえも知っていると思うが、俺は愛妾の子供だろ？　それゆえの苦労が多くてな。あいつは、その頃から俺に協力してくれているんだ」

「へぇ……」

フィオナとして過ごした頃でも、そんな話は知らなかった。というか、アルヴィン王子が愛妾の子供として苦労していたこと自体を知らなかった。

なんて思っていると、今度は髪の一房を持ち上げられる。とか思っているうちに、アルヴィン王子がその髪の房に唇を落とした。

「とにかく、おまえが嫉妬する必要はないぞ。むしろ、最近は俺のほうが……」

「……ん？　俺のほうが、なんですか？」

ペチンと王子の手をはたき落としながら聞き返す。

「いや、クラリッサが、おまえとお茶をしたとか、最近うるさくてな」

クラリッサのアイリスファンクラブの活動が活発だ——なんて知るはずもなく、アイリスはよく分からないと小首を傾げる。

「まぁその話はいい。未来を変えたのはそれくらいか？」

「いえ、まだあります。グラニス陛下が命を狙われた件です」

「……毒の件か。あれは、お抱えの医者がレスター侯爵に抱き込まれていたらしい」

「あぁ、それで……」

毒だと見抜けなかったわけではなく、毒だと見抜いた上で気付かぬフリをしていた。

グラニス王が精霊の加護を受けていて、医者からも毒殺の可能性を否定されている。ゆえに、他の人間が毒殺に思い至ることは難しかった、というわけだ。

「わたくしが既に変えた未来はその辺りまでです。あとは、貴方が中継ぎの王になり――」

「フィオナを追放でもしたか？」

「……よく分かりましたね」

「それだけ国が荒れていれば、な。側に置いておくよりも、遠くへ逃がすほうが安全だと考えるだろう。あいつなら、一人でも生きていけるはずだからな」

フィオナの末路を知るアイリスは複雑な感情を抱く。

アルヴィン王子がフィオナを追放したのは完全な善意からだったのだろう。おそらく、フィオナに怨《うら》まれることも覚悟の上で追放したのだと予想できる。

だが、だからといって、フィオナが――アイリスが前世で傷付いた事実は消えない。傷付き、失意の中で旅をして、最後は魔物に殺されてしまった記憶が消えることはない。

アイリスはその感情を抱えながらも、沈黙をもって答えた。そんな態度にアルヴィン王子はなにか気付いたかもしれないが、結局はなにも言わなかった。

アイリスもまた、頭を振って感情を制御する。

「話を戻します。わたくしの知る未来では、レムリアと隠れ里に魔物の襲撃があります。その発生時期がそれぞれ、数ヶ月後と数年後なのですが……」

「なるほど、その時期がずれる可能性があると危惧しているわけだな」

「……はい」

「状況を理解した。すぐに城に伝令を出し、魔物の襲撃に対する備えを強化させよう」

アルヴィン王子が迅速な判断を下す。だが、その判断は無駄になってしまう。そこに駆け寄ってきたクラリッサが新たな情報をもたらしたからだ。

「アルヴィン様、里の者からの報告です。何者かによって里の結界が破られたそうです」

4

アイリスとアルヴィン王子が寄り合い所にたどり着くと、中から里の者達が出てくるところだった。その流れに逆らって部屋に入ると、バード族長とアッシュが話し合っていた。

アイリス達に気付いたバード族長が話を中断してこちらに視線を向けた。

「アイリス、ちょうどよいところに来た」

「結界が破られたとうかがいましたが、事実なのですか？」

「うむ。さきほど、結界に細工がされていることに気が付いた。なんとか細工の排除を試みたのだが、そこに現れた侵入者によって結界が破壊されてしまったのだ」

「そのようなことが……」

前世で起きた悲劇を思い出し、アイリスはきゅっと唇を噛む。あれは偶然起きた襲撃なんかではなく、正体不明の敵によって引き起こされた事件だったのだ。

（まずは落ち着かないと。……大丈夫、前世と同じ展開にはなっていないはずだよ）

前世では、魔物の襲撃による被害が第一報だった。対して今回は、結界が破られた時点で察知している。状況的にはだいぶマシと言えるだろう。

「その侵入者というのは何者ですか？」

「結界を破壊後、すぐに姿を消したので正体は分からぬ。が、ただ者でないのは事実だ。ここからは憶測になるが、魔族ではないかと思っている」

「魔族、ですか……」

もし本当に魔族がかかわっているのなら非常に厄介だ。

だが、結界の細工に気付かれたのが相手にとって予想外であれば、襲撃にも時間差があるだろう。それは、いまこの瞬間に魔物が押し寄せていないことからも明らかだ。

ゆえに重要なのは、初動でどこまで対策を立てられるかである。

「バード族長、これからどうなさるおつもりですか？」

「結界についてはクラウディア達が修復に当たっているが、どれだけ急いでも数週間はかかるそうだ。森の北に魔物が集結しつつあるようだし、間に合わぬであろうな」

「――だからアイリス、おまえ達は逃げろ。いまなら森から抜け出せるはずだ」

その言葉を口にしたのはアッシュだった。彼は前世と同じように、アイリスを護《まも》るべき弱者として逃がそうとしている。

だが、アイリスはそんなことを望んではいないと唇を噛む。

それに、隠れ里に危機が迫れば剣姫や賢姫は手を貸すというのが古き盟約だ。ここでアイリスだけが逃げるという選択はあり得ない。

だけど――と、アイリスは再び唇を噛んだ。

いまのアイリスは一人ではない。レムリア国の王子を同行させていて、ネイトやイヴ、それにクラリッサの命も預かっているし、近くの村には護衛も滞在している。

アイリスの決断が彼らの命運を左右すると言っても過言ではない。

「わたくしは……」

「――アイリス、俺はこのことをすぐに城に報告する必要がある」

自分の想いを口にするより早く、アルヴィン王子が現実を突きつけた。

「分かって、います。わたくしは貴方をここに連れて来た責任があります。だから――」

「――だから、俺がネイトとイヴを連れて行ってやろう」

アルヴィン王子の口から紡《つむ》がれた言葉。その意味をアイリスは理解できない。二度、三度とその言葉を反芻《はんすう》して、それから「いまのは、どういう……」と問い返した。

「俺はおまえのことを理解している、という意味だ」

その言葉を聞いてようやく理解する。城への警告などは自分が引き受けるから、おまえはここで好きに暴れろ――と、アルヴィン王子はそう言っているのだ。

「……わたくしがこの里に残っても、よろしいのですか？」

「それがおまえの望みではないのか？」

「それは、その通りですが……」

彼もまた、リゼル国の公爵令嬢を預かっているという立場である。もしもアイリスになにかあれば、リゼル国との関係がこじれることとなり、彼もまた責任を問われるだろう。

「一応言っておくが、死ぬことは無論、後に残るような傷を負うことも許さぬ。それさえ守れるのであれば、好きに暴れるがいい」

「………………」

思わず呆気《あっけ》に取られてしまう。

戦闘に絶対なんてものは存在しない。そもそも、死んだら許すも許さないもない。その言葉がどれだけむちゃくちゃなのかは、アルヴィン王子も分かっているはずだ。

だからつまり、さきほどの言葉はこういうことだ。

――俺はおまえを信じている、と。

「他人に理解されるというのは、存外嬉しいものですね」

「惚れ直したか？」

「そもそも惚れていませんせん。けど……」

アイリスは素っ気なく言い放ち、けれどまっすぐにアルヴィン王子の顔を見つめる。その視線を受け止めた彼は「けど、なんだ？」と首を傾げた。

「ちょっとだけポイント高かったです」

愛想の欠片もないアイリスの物言い。だけどアルヴィン王子は破顔した。

「ふっ、悪くない答えだ。俺はすぐにおまえの使用人達を連れて森を抜けよう。その後は森の外に待機させている連中と合流して、俺に出来ることをする」

「はい、王子のご活躍に期待しておりますわ」

淑女らしく応じるが、そこに「待て待て待て」とアッシュが二人のあいだに割って入る。それから彼はアルヴィン王子へと詰め寄った。

「おまえ、さっきからなにを言ってるんだ。まさかアイリスを置いていくつもりか？」

「置いていく？　違うな。他の役割がある俺の代わりをアイリスに任せるのだ」

「だから、それが置いていくことだって言ってんだよっ！」

いまにも摑みかかりそうな雰囲気。族長がアッシュを諫めようとするが、他でもないアルヴィン王子が「構わぬ」とその状況を許容した。

「アッシュ、おまえはアイリスの強さを知っているはずだ。にもかかわらず、一人でも戦力が必要なこの状況でなにを考えている？」

「この状況と言うが、おまえ達は部外者だろうが！　里の戦士であれば戦うのは当然だが、おまえ達はそうではない。逃げられるのなら逃げるべきだ！」

「俺はたしかに部外者かもしれぬ。だが、アイリスは賢姫、古き盟約とやらがあるはずだ」

「それは……だとしても、大切なら護《まも》ってやるべきじゃないのかよ！」

（あぁ……アッシュは、相手がフィオナでもアイリスでも変わらないのね）

前世でも同じようにフィオナを逃がそうとした。それはおそらく彼の信念、彼の優しさの表れだ。人としてはとても好ましいとアイリスは思う。

だが同時に、それはアイリスの望んだ扱いではない。

「ふぅ、おまえはアイリスを分かっていないようだな」

「なにを……っ」

怪訝な顔をしていたアッシュがばっと振り返った。アルヴィン王子がアッシュではなく、その後ろにいるアイリスに視線を向けたことに気付いたのだろう。

ここからは自分の役目だと、アイリスは一歩前に出た。

「貴方の気遣いは嬉しく思います。ですが、アルヴィン王子の言う通りです。わたくしは籠《かご》の鳥になるつもりはありません。そのような気遣いは無用です」

「だが、本当に危険なんだぞ？　おまえは知らないだろうが、結界の外に出た女子供が魔物の犠牲になったことも一度や二度じゃないんだ！　俺の妹だって——っ」

アッシュは失言したと言わんばかりに口を閉じた。

それから苦々しい顔で唇を噛んで、「おまえがどうしても残るというのなら勝手にしろ。俺は見回りに行く！」と捲し立てて飛び出していった。

「アッシュがすまぬな」

バード族長が小さく息を吐いた。

「いえ、それは構わないのですが……妹、ですか？」

「ああ、あやつの妹がな。これがアッシュに似て武の才能があったのだが……それで調子に乗ったのだろうな。無断で結界の外に出て、そのまま帰らぬ人となったのだ」

「……そんなことが」

前世では知らなかった事実だが、これでいろいろと合点《がてん》がいった。

隠れ里で暮らす住民の中でも群を抜いて脳筋のアッシュが、力を認めたはずのフィオナやアイリスに対しても過保護な行動を取った訳。

それは、彼が失った妹と、アイリス達を重ねているからだ。

「事情は分かりました――が、わたくしは賢姫です」

「うむ。そなたが手を貸してくれるというのならとてもありがたい。それと、アルヴィン王子、魔物は北に集結しつつある。いまならば、西から問題なく森を抜けられるだろう」

「感謝する」

アルヴィン王子はバード族長に別れを告げて退出する。アイリスもまたバード族長に退出を告げて、アルヴィン王子の後を追った。

寄り合い所を後に。クラリッサ達の待つ滞在場所――アイリス達がこの地に滞在するために借りている空き家へと向かいながら、アルヴィン王子が口を開いた。

「アイリス、あの三人の説得はおまえに任せるぞ」

「……三人、ですか？　二人ではなく？」

ネイトとイヴならともかく、なぜクラリッサまでと首を傾げる。

「あいつはおまえを気に入っているからな。おまえだけが残ると聞いたら反対するに決まっている。ここに残るというのなら自分で説得しろ」

「……仕方ありませんね」

我が儘を通すのだ。それくらいは自分でなんとかしようと引き受ける。

「でもわたくし、実のところ貴方が一番反対すると思っていました」

「俺が反対していないとでも思っているのか？」

「え、でも……認めてくださいましたよね？」

「おまえの意思を尊重しただけだ」

不満そうな顔で睨みつけられる。

「もしかして、心配してくださっているのですか？」

「おまえになにかあれば、リゼル国との関係が悪化するのは目に見えているからな。それに、フィオナに恨まれるのも間違いない。ハッキリ言って最悪だ」

「……なるほど」

考えてみれば――否、考えるまでもなく、アイリスの行動はアルヴィン王子に迷惑がかかる。それでもなお、彼はアイリスの意思を尊重してくれている。

「アルヴィン王子、必ず無事に戻ると約束いたします」

「……フィオナの下へだろう？」

「貴方の下へ、です」

アルヴィン王子が目を見張った。

「どういう風の吹き回しだ？」

「貴方を怒らせて、王女殿下の教育係をクビになったら困りますから」

「なんだ、結局はフィオナではないか」

「違うなんて言いましたか？」

イタズラっぽく笑っていると、不意にアルヴィン王子に抱き締められた。

「……王子？」

「理由はなんでもいい。だから、必ず無事に戻ると約束しろ」

痛いほどに抱き締められる。それがアルヴィン王子の不安の表れだと気付いて、アイリスは身体の力を抜いて、その抱擁《ほうよう》に身を任せる。

「大丈夫ですよ、王子。わたくしは必ず戻ります。――フィオナ王女殿下の下へ」

アルヴィン王子がピクリと身を震わせる。

「……おまえ、そこは俺の下へと言うところだろう？」

「そのネタはもう終わったんです。そろそろ離してくださいい、ぶっとばしますよ」

「……まったく、おまえというヤツは」

深々と溜め息を吐いて、それから抱擁を解いてアイリスから身を離した。

「と・に・か・く、俺も可能な限りの支援はしてやる。だから無事に戻ってこい」

「心配、してくれるのですか？」

「ああ、そうだ、心配だ。文句あるのか？」

「いいえ、文句なんてないですよ」

無邪気な顔で嬉しそうに笑う。

アルヴィン王子はガシガシと頭を掻いて「おまえはよく分からん」と愚痴《ぐち》を零した。

5

時間は少しだけ戻って寄り合い所の中。

隠れ里の結界が破られ、魔物が集結しつつある。その件についてアイリスがバード族長と話しているあいだ、アルヴィンの心の中では様々な感情が渦巻《うずま》いていた。

真っ先に思い浮かんだのは、アイリスの未来視が本物だということだ。

もちろん、時期などはアイリスから聞かされたのとはまったく違っているが、それを差し引いても凄まじい能力である。彼女を失うことは世界の損失と言っても過言ではない。

本来であれば、どのような手段を使っても、アイリスの安全を確保するべきである。

だが――

「――だからアイリス、おまえ達は逃げろ。いまなら森から抜け出せるはずだ」

アッシュがそう口にした瞬間、アイリスは唇を噛んだ。

(あぁ、そうだ。おまえはそういう娘だったな)

手入れの行き届いたプラチナブロンドに、細く折れてしまいそうな華奢な腰。黙っていれば深窓の令嬢と言っても通用する容姿ながら、そのアメシストの瞳には強い意志を秘めている。

しかも知謀に長《た》けた賢姫のはずなのに、まるで剣姫のように危険を好む。アイリスが聞けば全力で否定しそうな感想だが、少なくともアルヴィンはそう思っている。

だから――

「アイリス、俺はこのことをすぐに城に報告する必要がある」

アルヴィンは前置きを一つ。

「――だから、俺がネイトとイヴを連れて行ってやろう」

アイリスの鎖を断ち切った。

彼女がこの里を護《まも》りたいと思っているのは明らかで、だけど、アルヴィン達を連れてきた者として、無事に帰す責任があると葛藤《かっとう》しているのも明らかだったからだ。

とはいえ、アルヴィンがアイリスを心配していないかと言えばそんなことはない。

存外、アルヴィンは過保護なのだ。だが、それでも、自分が籠の中の鳥ではないと口にした、アイリスの意思を尊重するだけの器量は持ち合わせている。

その結果が――

「一応言っておくが、死ぬことは無論、後に残るような傷を負うことも許さぬ。それさえ守れるのであれば、好きに暴れるがいい」

このセリフ、というわけである。


その後、アイリスにしばしの別れを告げたアルヴィンは王都へ戻る準備を始めた。

事情を聞いたクラリッサは、アイリスを残していくというアルヴィンの決断に目を見張る。

その上で、どうして置いていくのかと問い詰めてきた。

「俺としても、連れ帰れるのならそうしたい。だが、あれは説得をしても無駄だ」

「だから、置いていくというのですか？」

「そうだ。だが、見捨てるつもりはない」

アイリスの未来視によれば、魔物の襲撃は結界の破壊と同時に起こるはずだった。だが、結界が壊されたにもかかわらず、いまはまだ魔物が集結中の段階にある。

つまりこれは、襲撃側にも不測の事態だったことの証明である。

であれば、襲撃には一定の日数を要するはずだし、そのあいだに防衛ラインを構築できれば、一夜で隠れ里が落ちるような可能性は低くなる。

子供ですら、見習い騎士クラスの力を持っている隠れ里ならなおさらだ。

だから――

「俺は王都に戻り、騎士団を引き連れてくる予定だ」

「分かりました。では、私は足手纏いでしょうからここに残ります」

「いや、おまえは近くの村に待機させている護衛と合流しろ。彼らを使って周辺の村に警告をして、魔の森の警戒をさせろ。俺が戻ってきたときに状況が把握できるようにな」


こうして、アルヴィンとクラリッサはその日のうちに魔の森を抜けた。

続けて、近くの森に待機させていた護衛と合流する。

「アルヴィン王子。お早いお戻りですが、なにかございましたか?」

「詳しい話は後だ。すぐに王都に早馬を向かわせろ。内容はこうだ。魔の森に魔物が集結しつつある。騎士団に出撃の準備を、と。詳細は俺が帰り次第、自分の口で伝える」

「――はっ！　すぐに早馬を向かわせます」

そう応えた騎士が指示を出し、一部の騎士が慌ただしく駆けていく。

それを見届け、アルヴィンはようやく一息吐いた。ひとまず、彼らが野営地としている村の空き家に入り、そこの椅子に腰掛けた。

「伝令はどれくらいで王都に着く？」

「道中の村に伝令用の馬を残してきましたので、明後日の深夜には」

「さすがに優秀だな。出撃準備に丸一日。向こうを出立するのは四日後の朝か。そうなると、俺も三日後には王都に着いておく必要があるな」

その日のうちに詳しい話を報告し、王から出撃の許可を得る必要がある。そのためにも、今日中に少し距離を稼いでおくべきだと判断する。

「よし。俺もすぐにここを発つ。ただし、護衛の大半はここに残ってクラリッサに協力しろ」

「王子、それは危険です」

「危険は百も承知だが、ここで無理をしなければより事態が深刻になる可能性が高い。人選はおまえに任すから、すぐに用意させろ」

こうしてアルヴィンはすぐに出立し、予定通りに三日で王都に舞い戻った。

王城に戻るなり、アルヴィンはグラニス王に呼び出される。旅の汚れもそのままに謁見の間に向かうと、そこには国の重鎮が勢揃いしていた。

「アルヴィンよ。さっそくだが事情を説明してくれ」

グラニス王に直答を許され、アルヴィンは簡潔に事情を説明する。すなわち、魔の森に魔物が集結しており、そこにある隠れ里が被害を受けようとしている、と。

魔物の集結、それに隠れ里の存在。その二つの事実にざわめきが上がるが、グラニス王が手を上げてそれを鎮《しず》めた。王は一度目を瞑《つむ》り、深く息を吐く。

「事情は分かったが、あの森はレムリアとリゼルの緩衝《かんしょう》地帯だ。下手に兵を差し向ければ、リゼル国への戦争行為と見做《みな》されかねない。そのことについてはどう考えているのだ？」

「魔の森が緩衝地帯となっているのは、最初から彼《か》の地がどちらの領地でもないからです。事後承諾にはなりますが、魔物の発生をリゼルに伝えれば問題はないでしょう」

「……そう上手くいくでしょうか」

重鎮の誰かが呟《つぶや》いた。

リゼルとレムリアは友好国ではあるが、軋轢がないわけではない。派兵が誤解だと後で分かったとしても、次は本当に攻めてくるかもしれないという危機感を与えることになる。

彼らの心配はもっともだ。

だが――

「それは杞憂《きゆう》だと申し上げましょう。問題はむしろ、騎士団の救援が間に合わなかったときです。リゼルからお預かりしている賢姫はいま、隠れ里に滞在しておりますので」

「アイリスが隠れ里に残っていると申すのか!?」

グラニス王が声を荒らげた。

だがそれも無理からぬことだ。アルヴィンが意図的に強調した言葉の通り、賢姫アイリスはあくまでリゼルの賢姫。それを、レムリア国で預かっているのは事実なのだ。

実際は、リゼルの元王太子が追放したも同然ではあるが、建前も無視は出来ない。アイリスになにかあれば困るのはレムリア国も同じだ。少なくとも、リゼル国との関係悪化は避けられない。それらの事情を踏まえ、その後もしばらく話し合いは続いた。

だが、アイリスを見捨てることがレムリアにとってマイナスになるという事実は変わらず、結局は魔の森への騎士団の派遣が決定した。


「アルヴィンお兄様、私も連れて行って！」

出立の準備をしていたアルヴィンの下にフィオナが乗り込んできた。彼女の態度から、今回の一件を知っていると察したアルヴィンは眉を寄せる。

アルヴィンはわりと過保護である。

フィオナは可愛い従妹《いとこ》ではあるが、同時に未熟な部分も多い。彼女が王女として、そして剣姫としての責務に押し潰されないように、彼女に流す情報にはフィルターをかけていた。

今回の一件も、フィオナには知らせていないはずだったのだ。

「……どこで聞いた？」

「アイリス先生に学んで、私も成長してるんだよっ！」

「あいつの教育の賜物《たまもの》か……」

おそらく、自分の目と耳となる部下を手に入れたのだろう。

フィオナの成長は喜ばしいことではあるが、同時に王女として、そして剣姫としての責任を負うようになる、ということでもある。素直に喜ぶことは出来なかった。

「お願い、お兄様！　私も連れて行って！」

「フィオナ……」

アルヴィンは複雑な顔をする。

彼が目指すのは、剣姫に依存しない国である。今回の件でフィオナを先陣に立たせることは、その意に反する行為とも言える。

だが――

「お兄様、私は護《まも》られてるだけじゃ嫌なの！」

その言葉が、アイリスの言葉と被《かぶ》る。容姿も性格も似ていないはずなのに、二人はどこか似ているとアルヴィン王子は感じた。

（フィオナもまた、護られるだけの娘ではない、ということか）

「……いいだろう。ただし、陛下の説得は自分でしてみせろ。期限は俺が出立するまでだ」

6

アルヴィン王子達が里を脱出してから十日ほどが過ぎた。そのあいだにも森の北部には魔物が集まり続けており、その数は推定で百を軽く超えているとのことだ。

百――と聞けば少なく感じるかもしれない。だが魔物の中には騎士が数人掛かりで相手にしなければならないような個体もいる。

里には戦える者のほうが多いとはいえ、とても楽観できる数ではない。それは、里にかつての英雄やその子孫がいるとしても同じことだ。

全員が最強ではない以上、多くの犠牲者が生まれるだろう。そしてその犠牲者の中には、ネイトが一緒になって剣を習っていた、アッシュの教え子達が加わるかもしれない。

（それでも、護《まも》るべき者を護るために戦うのが、戦いに身を置く者達のすべき仕事……とはいえ、その立場になってみれば、剣姫に頼る者達の気持ちも理解できてしまうわね）

そんなふうに独りごちる。アイリスは滞在中の宿として借りている空き家の窓辺、椅子に座って、そこから見える空を見上げていた。

魔物は強い――が幸いにして数は多くない。

アイリス、アッシュ、ローウェルなど、この里にいる最大戦力だけで各個撃破に当たれば、村の被害は最小限に抑えられるだろう。

もちろん、様々な観点から考えれば、それが決して正しい選択ではないことが分かる。

この大陸で暮らす以上、魔物による被害から逃れることは出来ない。一部の者にすべてを任せて戦える者を育てなければ、いつかは滅びを迎えることになるだろう。

そんなふうに考えて、アイリスは大きく頭を振った。

(一人で考えていると、暗いことばかり考えてしまいますね。少し見回りでもしましょうか)

アイリスは身支度を整えて、里の外縁部へと向かう。

結界の修復は間に合わないと予想されているために、村人総出で里の周囲に柵を作ったり、魔物に対する備えをおこなっている。

ただし、魔術師であるアイリスは体力を温存する必要がある――というわけで、柵作りにはかかわっていない。代わりに、ネイトやイヴが柵作りを手伝っている。

二人はアルヴィン王子が連れて帰る手はずだったのだが、ネイトとイヴは『アイリス様が残るのなら私達も残ります』とかたくなで、アイリスが根負けしたのだ。

(まったく、誰に似たのでしょうね)

苦笑いを浮かべて作業を眺めていると、にわかに周囲が騒がしくなった。なにかあったようだと寄り合い所に向かうと、そこでアッシュと出くわした。

「アッシュ、周囲が騒がしいようですが、なにがあったのですか？」

「魔物が進軍を始めたそうだ」

「そうですか。いよいよ、ですね」

「あぁ、そうだな……」

アッシュが真剣な顔でアイリスを見つめる。

「なんですか？　わたくしを止めようというのではありませんよね？」

「いや、そうじゃない。族長と話し合ったのだが、おまえには広場の防衛を頼みたいんだ」

「……わたくしに安全な場所に引きこもれ、と？」

隠れ里には結界があったため、即席の柵しか防御壁の類いが設《もう》けられていない。全方位に防衛隊を配置するが、敵が抜ける可能性はゼロじゃない。

ゆえに、村の者達は広場に避難することになっている。

そこにいろと言われたアイリスは眉をひそめるが、それはどうやら誤解だったらしい。アッシュは「あのときは、おまえの意思を尊重できなくて悪かった」と頭を下げる。

それは、彼にとっては何気ない一言だろう。だが、アイリスにとってはそうじゃない。前世でのしこり、それが解けていくのを感じた。

「謝罪を受け入れます。ですが、わたくしに広場の防衛を頼みたいというのはなぜですか？」

「広場の防衛はたしかに危険の少ない配置だ。実際、配置されているのは未熟な者ばかりだからな。だが、もしも敵が抜けてきたら、絶対に下がれない場所でもある」

アイリスは沈黙し、まっすぐにアッシュの目を覗き込んだ。彼の金色の瞳は揺るぎない意思を持って、アイリスの姿を映し込んでいる。

彼はこう言っているのだ。

たしかに危険は少ないが、魔物が襲撃する可能性もゼロではない。もしそのようなことになったら、里の者達の命が危険に晒《さら》されることとなる。

だから、そのときは――

「わたくしに、里の者達の命を背負って戦え――と？」

「そうだ。俺達が思いっ切り戦えるように、里のみんなを、俺達の背中を護《まも》ってくれ。これは里の人間ではないおまえにしか頼めないことだ」

「……いいでしょう。わたくしが貴方達の背中を預かります」

前世では果たせなかった共闘。それが果たせたのなら、きっと前世のような結末にはならないと、アイリスは小さな笑みを浮かべる。

魔物襲来の報告を受けてほどなく、戦士達は里の四方を護《まも》るように散っていった。

北に最大戦力であるアッシュ、ローウェル、クラウディアを配置して、残りの方位にもそれぞれ加護を持つ戦士達を配して指揮を執らせる。

全員が配置についてほどなく、北部の部隊が魔物の群れを確認した。森の木々に隠れていて正確な数は把握できないが、軽く百を超えているとの報告だ。

その報告を聞いた北の指揮官、クラウディアが首を捻《ひね》る。

（……集結していると報告のあった魔物の群れとほぼ同数、だと？　魔物を一ヶ所に集めての一点突破か？　それとも――いや、いまはとにかく正面の敵への対処が先だ）

「アッシュ、おまえは攻撃隊を率いて敵の陣形を崩せ！　ローウェルは弓隊を率いてアッシュ達を援護しつつ、敵の遠距離部隊を押さえろっ！」

「おうよっ！」

「任せてください。接近される前に押さえてみせます」

手のひらに拳を打ち付けたアッシュが戦士達を率いてゴブリンの群れに突撃し、ローウェルを始めとした弓隊は側面へと回り込んでいく。

アッシュが先頭の魔物を殴り飛ばし、それを合図に戦闘が始まった。弓を持ったゴブリン達の第一射がアッシュに降り注ぐ。最初の一本は上体を反らして躱《かわ》し、続けての弓は拳で叩き落とす。地面を滑るように回り込んで回避。近くの敵を盾にして防ぐ。

それでもなお降り注ぐ矢の雨を、アッシュは精霊の加護で弾き散らした。だが、拳精霊の加護による耐性の上昇は、ダメージの無効化とは違う。

数が多ければ多いほど、そのダメージは蓄積していく。

痛みに顔をしかめつつ、痛みによる苛立ちを目の前のゴブリンへと叩き付ける。吹き飛ぶゴブリンの行く末を見守ることなく、アッシュは新たな敵へと飛び掛かった。

「――ってぇなっ！」

続けて、アッシュに続く戦士達がゴブリン達と接敵する。ゴブリンの遠距離部隊が第二の矢をつがえる――が、そこに側面へと回り込んでいたローウェル率いる弓隊の矢が降り注ぐ。

あるゴブリンは矢に射貫《いぬ》かれ、またあるゴブリンはからくも木の陰へと逃げ込んだ。第二射が途切れた隙に、アッシュ達が剣を持ったゴブリン達を圧倒していく。

そこへ獣の遠吠えが響いた。森の奥から現れたブラウンウルフ――魔獣の群れがローウェル達へと奇襲を掛ける。――が、ローウェル達は素早く木の上へと退避。

足下に向けて矢をつがえ、ブラウンウルフの迎撃を始める。

だがそれによって攻撃を免《まぬか》れたゴブリンの弓隊が再び射撃を開始した。

「魔術師は防御魔術でアッシュ達を援護しろっ！」

即座にアッシュ達に護《まも》りの魔術が降り注ぎ、ゴブリンの放つ矢を弾き散らしていく。

その後も一進一退の攻防が続くが、クラウディアの指揮の下、アッシュやローウェル達は的確な用兵術で敵に対処する。

総じて、人間達の勢力が優勢にことを運んでいた。

それを見守りながら、クラウディアはめまぐるしく頭を働かせていた。

（現れた敵はまだ下級の魔物や魔獣だけだ。慌てる必要はない――と言いたいところだが、魔物の用兵術が素人《しろうと》のそれじゃない。やはり、頭となる者が存在しているようだな）

不意を突く、背後に回り込む。

この程度の戦術であれば、ゴブリン達でも考えることが可能だ。

だが、さきほどのように、抑え込まれている味方の弓兵を自由にするために、敵の弓兵を魔獣に襲わせるといった戦術はゴブリン程度に出来るものではない。

それが出来るのは高位の魔物、あるいは魔族だけだろう。だが、３００年前の大戦で、精霊の加護を受けた英雄達が魔族はすべて討ち滅ぼすか、この大陸から撤退させた。

その魔族が再び現れるなどあってはならないことだ。

（結界を破ったのが魔族ならば辻褄が合う。だが、本当に魔族がこの大陸に？）

クラウディアは整った眉をひそめ、戦略的思考に身を投じる。

さきほどまでのクラウディアは、魔物が全軍をもって正面突破しようとしている可能性が高いと考えていた。もしそうであれば、ここに全部隊を集めるだけで事足りる。

だが、敵が戦術的な動きを見せている以上、そこに戦略がないと考えるのは早計だ。自分ならどうするだろうかと、クラウディアは考えを巡らせる。

（重要なのは魔物達の目的だ。結界に細工までした以上、狙いはこの隠れ里にあるに違いない。

だとしたら、かつて魔族を打ち破った英雄達への復讐か？）

魔族達にそのような感情があるのだろうかと疑問を抱く。

クラウディアはハイエルフとしてはまだ若く、先の大戦時には生まれてすらいなかった。ある程度の話は聞いているが、その手の情報は持ち合わせていない。

（里を滅ぼすことが目的なら、力押しもあり得る。だが、なにか別の目的があるのなら、これが陽動という可能性もあり得る、か）

他の方角を護《まも》る部隊へ警告の伝令を送ろうとローブの裾を翻す。振り返ったクラウディアの前に、他の部隊からの伝令が現れた。

「報告します！」

ほぼ同時に、次々と伝令が飛び込んでくる。

それによると、北以外の防衛ラインにも魔物が姿を現したらしい。その数は北には及ばないものの、決して無視できる数でもないようだ。

（ここが陽動ではない？　むしろ、他の部隊を少数の魔物で釘付けにして、この北を主力で突破する作戦か？　だとすれば、戦術が丁寧なわりに、戦略がずいぶんと雑だ）

ここの部隊を指揮する者が繊細で、全軍を指揮する者が大雑把《おおざっぱ》な性格である可能性もあるが、クラウディアは別の可能性に思い至った。

それは、陽動を使った上での、最大戦力による敵本陣の殲滅。

7

里の全体で当たると決めたため、クラウディアは加護持ちの少数精鋭で敵の本陣を強襲するという作戦を真っ先に排除した。だが、魔物達がその作戦を使わない理由はない。

強力な個体——たとえば魔族であれば里の内部に強襲が可能だ。

(まずい。里の中には戦える人間がほとんど残っていない。アイリスが護っているはずだが、他の者達を護りながらどこまで戦えるか……援軍を送るべきか？　いや、まずは警告を兼ねて伝令を——だが、それでは手遅れになるかもしれない。しかし……)

クラウディアは戦況に意識を向ける。

いまのところ有利な状況が続いているが、決して楽観できる状況ではない。援軍に戦力を割《さ》けば、戦況が覆《くつがえ》るかもしれない。なにより、敵の戦力がいま見えているすべてとは限らない。

(ダメだ、どうしても手が足りないな。とにかく、出来ることをするしかない)

クラウディアは即座に各方面へ警告の伝令を準備する。どうしても一手遅れることにはなるが、取り返しの付かないミスは防ぐことが出来る。

苦渋の決断を下そうとするクラウディアの前に、予期せぬ人物達が現れた。

「ここが一番激しい戦いを繰り広げてると聞いたが——」

「——その様子だと、なにかあったみたいだね？」

「アイリス様、みんな広場に避難しました！」

避難誘導に努めていたイヴが報告に来る。同時に、彼の横には剣を下げたネイトが付き従っている。必ず二人一緒に行動するようにと、アイリスが命じた結果である。

「二人ともお疲れ様。あとは他の子供達と一緒に、出来るだけ安全な場所にいなさい」

アイリスが命じるが、その言葉に対しては二人揃って沈黙する。隠れ里から避難しろと命じたときと同じ反応に、アイリスは小さな溜め息を吐いた。

「二人はわたくしの使用人として、もう十分に役割を果たしました。ここから先は、貴方達が危険を冒す必要はありません。分かりますね？」

諭すように語りかけるが、返ってくるのはやはり沈黙である。

無論、ここが魔物の襲撃を受けるのは最悪の事態だ。その防衛ラインもよほどのことがなければ安全な場所だと言えるが——万が一がないとは言い切れない。

そのときに、心構え一つで命運を左右する可能性は否定できない。

「……困ったわね。二人とも、いつからそんなふうに頑固になったのかしら？」

アイリスが問い掛けると、二人は顔を見合わせた。それからネイトが頷《うなず》いて、意思を託されたとおぼしきイヴがアイリスの前に進み出る。

「お母さんが言っていました。アイリス様がいなければ私達は死んでいた、って。あのときはよく分からなかったけど、いまなら自分達がどれだけ恵まれているか分かります」

「恩を感じているから、わたくしの側を離れない、と？」

「はい、アイリス様にお供《とも》させてくださいっ！」

眩しいくらいにまっすぐな眼差《まなざ》し。まるで前世の自分を見ているかのようだ。

だから――

「ダメよ」

アイリスは明確に拒絶した。

二人は悲しさと悔しさをないまぜにしたような顔で拳をぎゅっと握り締める。アイリスは膝を曲げ、そんな二人の顔を覗き込む。

イヴもネイトもこの一年足らずで驚くほど成長した。使用人に相応《ふさわ》しい教養を身に着けて、自分達の身を護《まも》る戦闘技術をも身に着けた。

でもそれは、子供にしては頑張っているというレベルに過ぎない。熟練の使用人には敵《かな》わないし、剣技も見習い兵士にすら勝てないだろう。

「貴方達の気持ちはすごく嬉しいよ。だから、ここに残ることを認めたの。でもそれは貴方達を無駄死にさせるためじゃない。貴方達は出来ることをなさい」

「出来ること、ですか？」

自分達になにが出来るのか分かっていない顔。だからアイリスは、二人が何者なのかを思い出させることにした。

「もしここに敵が攻めてきたら、わたくしはみんなを護って戦うことになるでしょう？　そのとき、敵はみんなを狙うかもしれないし、わたくしも全員を護りながら戦うのは難しいわ」

「だから、私達も一緒に――」

みなまで言わせず、アイリスは首を横に振った。

「それは、いまの貴方達には出来ないことよ。そして、出来ないことをしようとするのはただのワガママよ。いまの貴方達に出来ることをしなさい」

「私達に……」

「……出来ること」

イヴとネイトが顔を見合わせ、それからこくりと頷《うなず》き合う。二人はアイリスの使用人で、使用人の仕事は、主《あるじ》がスムーズに仕事をこなせるようにサポートすること。

ゆえに、いまの二人の仕事は、アイリスが存分に力を振るえるように支援することである。

それを思い出したのだろう。彼らから決死の覚悟が霧散して、代わりに与えられた仕事を必ずこなすというひたむきな覚悟が滲《にじ》む。

（さっきまでは死を覚悟するような顔をしていましたが、これならば敵が攻めてきても大丈夫でしょう。本当なら、敵は来ないのが一番ですが……）

結界の内部に入り込んで、結界に細工を施した存在をアイリスは忘れていない。隠密性に長《た》けた何者かがいるのなら、その者による奇襲は警戒してしかるべきだ。

そうして絶えず周囲を警戒していたアイリスは、異質な気配に気が付いた。

「……いますぐ、みんなを北側に避難させなさい」

焦る気持ちを押し殺し、二人に指示を出す。

なにか言いたげな顔をして、だけど言われた通り、主の仕事環境を整えることに集中することにしたのだろう。二人は疑問を挟まずに「かしこまりました」と身を翻した。

二人が立ち去るのを見届け、アイリスはアストリアの魔剣を顕現させた。それから路地の向こう側に向かって鋭い視線を向ける。

「なぜ奇襲を仕掛けなかったのですか？」

アイリスの問い掛けに、誰もいないはずの路地の暗がりから人の姿がにじみ出た。黒衣を纏った黒髪の少女。だが、その背中には黒い翼がある。

「……魔族がこの大陸に？」

アイリスは唾を飲み込んだ。

３００年前、魔物を率いてこの大陸に攻め入った魔族達。彼らの数は決して多くはなかったが、その個々の力は人間の英雄達を凌駕していたとも言われている。

「私は目的があってここに来ました。意味のない殺しは望んでいません」

「………？」

なんのことかと首を傾げる。

一呼吸置いたアイリスは、それが最初に発した疑問への答えだと気が付いた。

(魔族が決して非道な悪魔ではないという話は聞いたことがありますが……)

300年前の言い伝えによると、魔族は侵略者ではあっても殺戮者ではない。もっとも、それが事実であろうとも、この状況が大ピンチであることにはなんら変わりない。

彼女がそこに存在しているだけで、アイリスは強烈なプレッシャーを感じている。おそらくはアイリスとアッシュが二人掛かりでも敵うか分からないほどの実力がある。

(ディアちゃんが状況に気付いて援軍を送ってくれるまでどれくらい掛かるでしょう? いえ、そもそも、この魔族に勝てるだけの援軍を送る余裕はあるのでしょうか?)

状況が混乱すれば混乱するほど対応は遅くなるし、余裕がなければ援軍の質も落ちるだろう。とにかく、いまは時間を稼ぐ必要があると覚悟を決める。

アイリスは改めて魔族へと視線を向ける。

恐ろしく整った顔立ちだが、それを除けば人間となんら変わりがない。つまり、喜怒哀楽といった感情も、同じように顔に出るはずだと当たりをつけて注視する。

「目的があってここに来たと言いましたが、その目的を教えていただけますか?」

「私の目的は、魔王の魂《たましい》を持つお方を連れ帰ることです」

「……魔王の、魂?」

「そのお方は輪廻転生の力を持っています。……心当たりがあるのでは？」

「なにをおっしゃるかと思えば。魔族は転生などといった絵空事を信じているのですか？」

速くなる鼓動を意思の力で抑えつけ、アイリスは驚いた表情を浮かべる。だがその内心では、自分が彼女の探している相手であるとの確信を抱いていた。

魔王云々《うんぬん》を信じたわけではないが、アイリスが転生者であることは事実だ。彼女の探しているのが転生者だとするのなら、なんらかの関係がある可能性は高い。

それに——前世と今世で魔物による襲撃のタイミングが違う。前世では、いまより数ヶ月後にレムリア国に魔物の襲撃があり、その数年後に隠れ里へ魔物の襲撃があった。

それらの共通点として、襲撃場所には必ずアイリスの魂が存在している。

「とぼけるのですか？　それとも自覚がないのでしょうか？　とにかく、我々の下へ来ていただきましょう」

「……断れば力尽くとおっしゃるのですか？」

「それで貴女が納得できるのならば」

「——っ」

気が付けば、黒衣の魔族がアイリスの間合いの中に飛び込んでいた。彼女は引き抜いた剣を振り上げる瞬間だった。アイリスはとっさにアストリアの魔剣を差し込む。キィンと甲高い音を響かせて、アイリスの魔剣が魔族の攻撃を弾き返した。

だがアイリスはその衝撃に耐え切れず、軽く身体が浮いて後方に跳ばされる。必死に体勢を整えようとするが、アイリスが着地するよりも早く、魔族が更に距離を詰めてきた。

続けて彼女が放つのは再び足下からの斬り上げ。

(この体勢じゃ受け切れない！)

踏ん張りの利《き》かない空中、しかも足下からの斬り上げ。仮に受け止めたとしても、アイリスは虚空《こくう》で上半身を上斜め後方へと押される。

そうすれば為す術もなく無防備を晒《さら》すこととなるだろう。

「――まだよっ」

アイリスは反射的に結界を展開した。続けて、魔族の一撃を魔剣で受け止める。後方へと浮き上がる身体――だが、すぐに壁にぶつかったかのようにその身体が止まる。

アイリスはその反動を利用して、魔族の一撃を弾き返した。

ほどなく、重力に引かれて地面へと降り立つ。アイリスの背後、彼女の身体を受け止めた結界が消えていくところだった。

「……素晴らしい。自分の身体を支えるのに結界を使ったのですね」

「魔族に褒めていただけるなんて光栄ですね」

軽口を叩きながら、アイリスは内心で舌を巻いていた。正直なところ、さきほどの一連の動きだけで魔族が自分よりも強いと思い知らされたからだ。

アルヴィン王子達と戦ったときのように小手調べで戦ったわけではない。最初から複数の加護を発動させて、それでもなお押されているという事実。

（相手も最初から全力で来ていることを祈るばかりですね）

けれど、そんな希望は即座に打ち砕かれた。魔族が遊びは終わりだとばかりに、さきほどよりも濃密な殺気を放ってきたからだ。

（これは……参りましたね）

いまのアイリスは、複数の精霊の加護を完璧な形で受けている。それは300年前の英雄達まで遡《さかのぼ》っても滅多に見られない偉業だ。

それだけの力を持つアイリスをも上回る魔族。そんな存在がこの大陸で暴れたら大変なことになる。ここで絶対に仕留めなければと、アイリスは魔剣を握り直す。

「今度はこちらから――行きます」

加護で強化した身体能力をもって踏み込み、魔族に向かって魔剣を振るう。一撃目は弾かれ、二撃目は回避され、三撃目はあっさりと受け流された。

剣を振るう勢いを思わぬ方向へと流され、アイリスはたたらを踏んだ。そこへ打ち込まれるカウンターの一撃。アイリスはギリギリのところで魔剣を引いて受け止めた。

だが、その勢いまでは受け止め切れず、盛大に吹き飛ばされてしまう。地面の上を滑るように吹き飛んでいくアイリスは、地面を叩くように手をついて身体を反転。今度は足で地面を蹴ってバク宙の要領でその勢いを殺し、距離を取りつつ着地する。

（強い、ですね。それに洗練された美しい動きです）

むしろ、アイリスのほうが荒々しい動きをしている。それはつまり、身体能力だけでなく、技量でも彼女に劣っているということに他ならない。

普通に戦ってもこの魔族には勝てないだろう。それどころか、下手に時間を稼ごうとしたら、その隙にあっさりと殺されかねない。

援軍を待っている余裕はない――と、アイリスはバネのように沈み込み、そこからぐっと地面を蹴って前へ、風の魔術を使って踏み込みを後押しする。

圧倒的な速度で飛び出したアイリスは、魔族の横をすり抜けざまに剣を振るった。

リィンと、刃と刃が擦《す》れて甲高い音が響く。

その音が消えるよりも早く、アイリスは前方に身を投げ出して虚空《こくう》で反転、そこに張った結界に張り付くように足をついた。激しい衝撃に襲われるが、それは拳精霊の加護で得た衝撃への耐性で打ち消した。その反動をバネのように足に溜め込み、再びその勢いで飛び出した。

ようやく、最初の一撃で鳴り響いた音が消える。

それと同時、アイリスは背後から魔族へと斬り掛かった。不意を突いた一撃は――けれど、振り返りざまに振るった魔族の剣に受け止められる。

その衝撃がもろに跳ね返り、アイリスは思わずうめき声を上げた。

「少々驚かされましたが、繊細さに欠けますね――えっ？」

追撃を掛けようとした魔族が目を見張る。彼女の足が地面ごと凍り付いていたからだ。

――そして、そこへ降り注ぐ攻撃魔術の雨。アイリスが跳び下がるのと同時に、魔族を中心に小規模な爆発がいくつも巻き起こった。

続けて、アイリスは剣を持ったまま両手を天に掲げる。そこに浮かび上がるのは巨大な魔法陣。そこから空へと登った稲妻が弧を描き、爆炎に隠れた魔族へと襲いかかった。

周囲の建物に反響して落雷の音が鳴り響く。

人間であれば即死。いくら魔族であれど、いまの一撃を喰らって生きているはずがない。そんなアイリスの願いは、けれど神には届かない。

爆煙が晴れたその場に、それまでと変わらずたたずむ魔族の姿があった。

「まさか、いまの攻撃ですらダメージを与えられないの？」

「いいえ、届いていますよ」

彼女の体表でパキンとなにかが割れて、光の粒子となって消えていく。それと同時に、彼女は口から血を吐いて膝をついた。

（結界を全身に纏っていたの？　でも、彼女自身にもダメージを与えたようね）

攻撃が通るのなら倒せない敵じゃない。ここが決め所だと、アイリスは更なる攻撃魔術を展開しようとして――寸前で振り返った。

アイリスに向かってくる二つの影。

敵の援軍だ。

片方は頭からヤギのような角を生やした男で、もう一人は背中からコウモリのような翼を生やした男。二人とも間違いなく魔族で――その小脇に、それぞれイヴとネイトを抱えていた。

「二人になにをしたの！」

声を荒らげるアイリスに対して、新手である魔族達はへらっと笑っただけだった。代わりに、その小脇に抱えられているイヴが声を上げる。

「アイリス様、申し訳ありません。みんなは、逃がし……ました。……でも、ネイトが、私を庇って……っ」

イヴの言葉を聞いて慌ててネイトに視線を向ける。意識はないが、目に見える大きな外傷もない。呼吸も整っていることから気を失っているだけだと安堵する。

新手の魔族はそんなアイリスには目もくれず、膝をつく少女の魔族に視線を向ける。それから蔑《さげす》むような声で「おいおい、なに苦戦してるんだ」と嗤《わら》った。

「手出しは無用だと、言ったはずです」

「そうはいかねぇ。万が一にもその女を取り逃がすわけにはいかねぇから――なっ」

角の魔族が攻撃魔術を放つ。

アイリスはとっさに結界を張ってその攻撃を防いだ。

一対一でも厳しい。出来れば援軍をと願っていたところからの一対三――どころか、ネイトとイヴが人質に取られた状況。魔族をここで滅ぼすなんて言っている場合ではない。

そして――

「おいおい、なにを防いでくれてるんだ？　こいつらがどうなってもいいのかよ？」

「……よくはないわね。でも、私が負ければ、その子達を殺すのでしょう？」

「はっ、よく分かってるじゃねぇか」

「だったら、その子達は人質にならないわ」

「それはどうかな？　たとえば――おまえが反撃をしたら、こいつらのうち片方を殺す」

「――っ」

こちらの嫌がることを理解していると、アイリスは唇を噛んだ。

その直後、角の魔族が特大の魔術を放ってきた。隙だらけだが、彼らは子供達を盾にしていて、アイリスは反撃することが出来ない。

「フィストリアっ！」

フィストリアを顕現させて、敵の魔術に対抗するべく強力な結界を張る。

激しい衝撃。

敵の攻撃を防ぐことには成功するが、アイリスは魔力の消耗を強《し》いられる。膠着状態といえなくはないが、アイリスが一方的に消耗していくような状況だ。

「アイリス、様……私達のことは気にせず、逃げて、ください……っ」

「ふざけないで、貴方達を置いていけるはずがないでしょう！　二人ともちゃんと助けてあげるから、大人しくしていなさいっ！」

アイリスはらしくもなく声を荒らげた。

二人は無力だからこそ生かされている。もし下手な抵抗をすれば即座に殺されるだろう。そしてアイリスが下手な抵抗をしても同じ結果になりかねない。

だから――

「アイリス、様……それは出来ないこと、ではありませんか？」

イヴが弱々しい声で、それでもきっぱりと言い放った。端的に告げられたその言葉は、アイリスがイヴ達に告げたセリフの焼き直し。

彼女はこう言っているのだ。

この状況で自分達を救うなんて出来ない。

出来ないことをしようとするのはワガママだ――と。

たしかに、二人を人質に取られていてはまともに戦えない。こちらの攻撃が二人に当たる恐れもあるし、そうでなくとも二人を殺すと脅されているアイリスに出来ることは少ない。

だけど――そんなことは分かっている、
前世でフィオナだった頃、様々な犠牲を払って自分を護《まも》ろうとする人達に反発した。にもかかわらず、アイリスは様々な犠牲を払って前世の自分を護ろうとしている。

いまもそうだ。イヴやネイトには出来ることだけをしろと命じておきながら、自分は出来ないことを無理にやろうと足掻《あが》いている。

だけどそれは自己矛盾なんかじゃない。

「イヴ、ネイト、よく聞きなさい。貴方達のご主人様はワガママなのよ」

アイリスは笑って、それから身を護るための結界を張り直した。

（……さっき放った雷の魔術に気付いた仲間がいるはずよ。あとは、援軍が来るまでわたくしが耐えられるかどうか、だけ）

時間さえ稼げば、次に来るのは今度こそ味方のはずだと歯を食いしばる。

「はっ、その強がりがいつまで続くか見物だな」

続けざまに、角の魔族が魔術を放つ。

アイリスはその連続攻撃を回避、あるいは結界で防ぎ続ける。けれど、幾度か魔術を防いで結界が弱まった刹那《せつな》――コウモリの翼を生やした魔族が爆炎の中を抜けて向かってくる。

「しま――っ」

剣による一撃で結界を打ち砕かれて、その横薙ぎの剣がアイリスに迫り来る。とっさに魔剣で受け止めるが、アイリスは衝撃に耐え切れずに吹き飛ばされてしまった。

為す術もなく地面の上を転がる。全身の痛みに耐えながらも飛び起きるアイリスの目前に、新たな攻撃魔術が襲い掛かった。

（避けられない――っ）

拳精霊によって得ている耐性は衝撃によるダメージ。あの魔術をまともに喰らって無事にすむとは思えない。なんとか直撃だけは回避しようと身体を捻《ひね》る。

――刹那、アイリスの目前に現れた結界が、その魔術を弾き散らした。

「ほぅ、いまのに反応するか、なかなかやるではないか。だが、遊びは終わりだ」

角の魔族が巨大な魔法陣を展開した。いままでとは比べものにならない大技で、今度こそアイリスに防ぐ術はない。引き続いての絶体絶命のピンチ。

だが、不意に角の魔族が展開した魔法陣が霧散する。

「おい、どうし――た？」

不審に思ったコウモリのような翼を持つ魔族が振り返ろうとして、だけどそれが叶わなくて、自分の身体を見下ろした。その胸を剣が貫いている。

角の魔族にはフィオナの剣が、そしてコウモリのような翼を持つ魔族にはアルヴィン王子の剣が突き立てられていた。

「よくも私の先生を虐めてくれたね」

「そうだ。アイリスを虐めていいのは俺だけだ」

「違うよ、私だけだよっ！」

こんな状況にもかかわらず戯《ざ》れ言を口にする二人。

けれど冗談は口だけで、二人は容赦なく剣を引き抜き、返す刀でそれぞれの魔族にとどめを刺し、小脇から落ちるイヴとネイトを保護してみせた。

「二人とも、どうしてここに……」

「話は後だ、アイリス。まだ一人魔族が残っているだろう？」

アルヴィン王子が鋭い視線を向けるのはアイリスの斜め後ろ。そこにはまだ魔族の少女が残っている。アイリスは振り返り、その魔族の少女に視線を向ける。

「……なぜ、わたくしを助けたのですか？」

さきほどアイリスを救った結界は、アイリス自身が展開したものではない。また、フィオナやアルヴィン王子は魔術を使えない。

消去法として、結界を張ってアイリスを救えたのは魔族の少女だけだ。

「私の目的は貴女を連れて帰ることですから」

「……そう、ですか」

あいづちを打ちながら、その言葉の真意を探る。

その言葉通りならば、アイリスに過度な危害を加えるつもりはないという意味。そして、容赦なく危害を与えようとした二人の魔族とは目的が違う可能性が高い。

「貴女は――」

「これまでのようですね」

アイリスのセリフを遮って頭を振る。なにかと周囲に意識を向ければ、味方の声が遠くから聞こえてくる。更なる援軍がやってきたらしい。

「残念ですが、今日のところはこれで失礼いたします」

「逃がすと――」

「――思ってるの!?」

アルヴィン王子とフィオナが魔族の少女を挟み込むように攻撃を仕掛ける。けれど魔族の少女は二人の攻撃をあっさりと回避。

縮地《しゅくち》のごとき速度でアイリスの目前へと移動した。

「……私はエリス。貴女様の名前をうかがっても構いませんか？」

「わたくしは、アイリスです」

「ではアイリス様、またいつかお会いいたしましょう」

一瞬屈み込んだかと思えば、そのまま屋根の上へと飛翔する。エリスと名乗った魔族はそのまま屋根の上を伝ってどこかへと消えていった。

「フィオナ、おまえはアイリス達を。俺はあいつを追う」

「――ダメですっ！」

後を追おうとするアルヴィン王子をとっさに引き止める。なぜだと振り返るアルヴィン王子に、アイリスは無言で首を横に振った。

彼は唇を噛んで、それから「分かった」と剣を鞘《さや》にしまう。

それを見届け、アイリスはネイトに駆け寄って治癒魔術を施す。

アイリスは引き続きイヴにも治癒魔術を施し、それからアルヴィン王子へと視線を向ける。

「それで、二人はどうしてここに？」

「護衛の騎士達と合流した後、各地に早馬を走らせて俺は城へ援軍を呼びに行った」

「で、事情を聞いた私がお兄様と一緒に飛んできたんだよ」

「……いや、飛んできたって……いえ、そういえば、そういう立場でしたね」

意味もなく危険なことに首を突っ込めないのが王族という立場。だが、発生した問題を収めるために危険な場所へ突撃するのが剣姫という立場。

だとしても、馬車なら二十日は掛かる距離を十日で移動する、凄まじい機動力である。

「では、他にも援軍が？」

「ああ、途中で戦闘に気付いて先行してきたが、そろそろ合流している頃だろう」

アルヴィン王子の言葉通り、ほどなくしてこの場にも援軍が登場。それに遅れて、魔物の群れが撤退を開始したとの知らせがアイリスの下へと届いた。

こうして、アイリス達は里の被害を最小限に抑えることに成功したのだった。

エピソード4

隠れ里でやり残したこと

1

魔族の襲撃から二日が過ぎた。

そのあいだにアイリスがなにをしていたかというと――治癒魔術の行使である。

薬草の不足によるポーションの不足を補うために、重傷者など緊急性の高い相手から順番にフィストリアの力を使って癒やしていく。それを三日間ずっと続けていた。

もちろん、朝から晩まで、魔力の続く限り――というわけではない。魔物はおおよそ滅ぼし、残りも散っていったが、迷いの結界はまだ張り直されていない。

魔族の存在もあるために厳戒態勢が敷かれている。

そんな中での医療行為は苦労も多かったが、とにかく全員の治療が終わった。魔族に率いられた魔物の群れによる被害としては、最小限にとどめられたと言えるだろう。

そして、最後の一人の治療を終えた日の夜。

アイリスは家の裏にある柵に寄りかかり、森の香りを纏う夜風に当たっていた。魔力素子を多分に含んだ風が魔力を消費した身体には心地好い。

その心地好さに任せてぼーっとしているとほどなく、ネイトとイヴが揃ってやってきた。

「アイリス様、風邪引いちゃいますよ」

ネイトがそう言い、イヴがアイリスの肩にケープを掛けてくれる。

「ありがとう、二人とも。遅くなったけど、よく頑張りましたね。おかげで、あの場に避難していた者達は全員が救われましたよ」

二人が素早く避難誘導をしなければ、戦闘要員以外の死傷者が出ていただろう。二人の功績は間違いなく素晴らしいものだ。

だが、二人はそれを誇るわけでもなく、しょんぼりと下を向く。

「僕達のせいで、アイリス様が……」

ネイトが自分のことを僕と呼んだ。アイリスに仕《つか》えるようになってからはずっと私と言っていた、彼の使用人としての仮面が剝《は》がれ落ちている。

イヴもまた「私達のせいでごめんなさい」と年相応の子供のように泣きそうな顔をする。

「顔を上げなさい。わたくしは怒ってなどいませんよ。言ったでしょう、よく頑張ったと」

「頑張っただけじゃ……意味、ないです」

イヴが悔しげに顔を歪ませる。

「でも、貴方達はしっかりと結果を残しました。もし貴方達がみんなを避難させなければ、取り返しのつかない結果になっていたかもしれませんから」

イヴとネイトだけが人質だったからなんとかなったのだ。もしも広場にいる全員が人質だったなら、甚大《じんだい》な被害が出ていた可能性が高い。

そう諭してみるが、二人はやっぱり納得のいっていない顔だ。

「……たしかに、フィオナ王女殿下とアルヴィン王子が避難誘導に当たっていれば、むしろ魔族を撃退していたかもしれません。ですが、それは貴方達には出来ないことです。貴方達は間違いなく、貴方達に出来る最善を果たしましたよ」

「……でも、アイリス様は出来ないことでもするって言いましたよね？」

イヴに指摘され、アイリスはツイっと視線を逸らした。ちなみに、そのときネイトは気を失っていたので、なんのことか分かっていないようだ。

「コホン。言い換えましょう。無茶と無謀は違います。いまの貴方達にとっては、あれが最善の結果です。わたくしは、貴方達のことを誇らしく思いますよ」

アイリスは身を屈め、二人の頭を優しく撫でた。それでようやく安心したのか、二人の強張っていた顔の緊張がほぐれて、くすぐったそうな顔をする。

「ゆっくりで構いません。貴方達は自分の出来ることを頑張りなさい。結果なんて、最後の最後に付いてくればいいんですから」

——と、アイリスが二人を励ました結果。翌朝のイヴとネイトは、アッシュにもっと戦い方を教えてもらうと意気込んで出掛けていった。

(ゆっくりと、出来ることを——と言ったのに)

どうやら、いまの二人にとっての最善という評価から、いまの自分達が戦えたのなら、最善はもっといい結果を得ることが出来たという結論に至ったらしい。

無論、それもまた真理ではある。

二人がフィオナ並みに戦えたのなら、戦闘の展開はまったく違っていただろう。

もっとも、二人は最近まで家のお手伝いをする普通の子供だった。たった一年で使用人として最善を尽くせたのだから十分な働きをしたと言えるだろう。

それでも、二人は現状に満足していない。

（本当に、二人は頑張り屋さんですね）

本来であれば、生兵法は大怪我の元であると危惧するところだが、アッシュはその辺りを心得ている。任せておけば安心だろうとの判断を下した。

二人が鍛錬《たんれん》を望むのなら、アイリスもまた主《あるじ》としてそれを応援しようと決断する。

で、その結果——

「アイリス先生、私もその訓練見たいっ！」

脳筋王女、フィオナに捕まった。アイリスは「仕方ありませんね」と苦笑いをして、フィオナの要望を叶えることにする。

無論、クラウディアや族長との交渉がアイリスには残されている。だが、アイリスの手が空いても、彼らはまだ様々な事後処理で走り回っている最中だ。なのでそれが終わるまでは、フィオナに付き合おうと思ったのだ。

というわけで、アイリス達はアッシュが稽古をつけている里の広場へとやってきた。そこでは既に、ネイトやイヴが子供達と一緒に戦闘訓練を受けている。

もっとも、戦闘訓練と言うよりは護身術。危険な場所には近付かない。ヤバイ魔物を見かけたら刺激しないように上手く逃げる——といった意識改革のウェイトが大きい。

以前は深く考えていなかったが、好奇心に負けて結界を出て帰らぬ人となった妹のことが影響しているのだろう。二度と同じ悲劇を起こさないために、と。

そんな子供向けのお勉強から始まったので、フィオナには退屈だろう——と、アイリスは考えていたのだが、意外にも彼女は目をキラキラと輝かせていた。

「フィオナ王女殿下、あの手の講義に興味があるのですか？」

「うぅん、そうじゃなくて、あの人、とっても強そうだなぁって」

「……そっちでしたか」

そんなことだろうと思ったと、アイリスは密かに苦笑した。

「ところでフィオナ王女殿下、お城に戻らなくて大丈夫なのですか？」

「剣姫としての役目を果たすと言って出てきたのでしばらくは大丈夫だよ」

「……なるほど」

たしかにそれなら大丈夫だと、賢姫でもあるアイリスは納得する。だが同時に公爵令嬢として、次期女王がそれでいいのかという疑問を抱いた。

（剣姫という地位が、次期女王の身を危険に晒《さら》している。お兄様が危惧しているのはこういうところなんでしょうね）

今後は考えなくてはいけない課題だが、今回はそれでアイリスが救われたのも事実。ひとまず、フィオナのことは棚上げにする。

アイリスにとって、いまもっとも重要なのは自分の問題だ。自分が魔王の魂を保持しているという疑惑が浮かび上がったからだ。

とはいえ、アイリスにあまり危機感はない。そもそも、魔王の魂と言われてもピンとこないし、自分がどうこうなりそうな感覚もない。あえて言うのであれば、過去に戻っての転生の原因となっていそう、くらいの認識だ。

ただし、今後もアイリスを狙って魔族が動く可能性がある。これを放置すれば、自分の存在がフィオナを危険に晒《さら》す可能性もあるので、それは早急に対策を考える必要があるだろう。

（……でも、敵がわたくしを狙うというなら、罠《わな》に掛けることも出来ますね）

賢姫である自分が魔族に狙われるのは予想の範疇《はんちゅう》。その理由が賢姫ではなく、魔王の魂なるものが原因だったとしてもそれほど変わりはない。

――なんて言えるのは、アイリスだからこそだろう。隣国の王子からちょっかいを掛けられるたび、邪魔と言えるアイリスはわりと図太い。

「……そういえば、アルヴィン王子がいませんね」

「お兄様なら、族長さんといろいろ交渉するって言ってたよ」

「あぁ、なるほど……いえ、言ってたよ、ではありません」

これを機に、古き盟約を結び直す。そのうえで、この里の様々な技術を求めて取引をするのだろう。隠れ里に住む彼らには、足りないものがたくさんある。

既にリゼル国と交易をしてもらうつもりで、アイリスも族長に話を通してはある。ゆえにそれ自体は問題ないのだが……問題は、フィオナが他人事のように言っていることだ。

「フィオナ王女殿下も話し合いに参加したほうがいいのではありませんか？」

「最終的にはお爺様が判断なさることですし、こういうことはお兄様のほうが得意ですから。私が参加するのは、もう少し勉強してからにします」

フィオナが上品な振る舞いでそれらしい発言をした。

「……で、本音は？」

「お兄様、ずっとアイリス先生と一緒でズルイ」

フィオナ王女殿下が肩をぶつけてくる。どうやら、自分だけ置いてきぼりを喰らったことに対して拗《す》ねているらしい。

（剣姫で次期女王とはいえ、まだ十四になったばかりですしね）

「そういえば、宿題はもう終わりましたか？」

「うぅん、ある程度は加護を調整して発動できるようになったけど、自在に使えるようになったと言うには、少し問題があるかなぁ。……言われた通り出来なくてごめんなさい」

「いいえ、期限が短くなったんですから気にする必要はありません。それよりせっかくですから、わたくしが少し成果を確認してあげましょう」

「——ホント!?　わぁい、アイリス先生、だぁいすき！」

フィオナは可愛いなぁと笑う。

アイリスはたっぷり数時間、フィオナ王女殿下の稽古相手を務めてみせた。


稽古後、アイリスは稽古でかいた汗を流すため、フィオナとイヴ、それに途中で合流したクラリッサやクラウディアを伴って、里の近くを流れる川辺へとやってきた。

彼女らは川辺にある更衣室で服を脱ぎ捨て、里で手に入れた水浴び用の下着——いわゆる水着を着用している。平民が水遊びをするスタイルだ。

貴族令嬢なら決してしない水遊び。

けれど、恥ずかしがっているのはクラリッサのみだ。

平民育ちのイヴや、この里の住人であるクラウディア、それに各地を旅したアイリスはもちろん、王族であるフィオナも平気そうな顔をしている。

（フィオナは他人に身体を洗ってもらうことに慣れていますしね）

むしろこの場合は、フィオナが一人で水浴びを出来るか心配するところだろう。とはいえ、イヴやクラリッサがいる。彼女達に手伝わせればいいだろう。

川は里の女性達が汗を流すのに使っている区域で、近くに更衣室が設置されているだけではなく、水浴びをしやすいように川幅を人工的に広げてある。

そんな水辺に足を踏み入れたアイリスはちゃぷんと水に潜《もぐ》り、それから浮力に任せて立ち上がった。アイリスの艶やかな肌が水滴を弾いていく。

水を掬《すく》った手で、手足の汗を洗い流し始めた。

そうして先陣を切ったアイリスに倣《なら》い、次にフィオナが川へと飛び込んだ。続いてクラウディアとイヴ、最後に恐る恐るといった感じでクラリッサが続く。

「あ、そうそう。迷いの結界はクラウディアが修復してくれましたが、まだ完全ではないそうなので、わたくしが見えない場所には行かないでくださいね」

汗を洗い流しつつ、アイリスがフィオナ達へと声を掛けた。フィオナは特に気にしたふうもなく川を泳いでいて、イヴはおっかなびっくり近寄ってきた。

クラリッサは周囲を見回して「男除けの結界はないのですか？」――と。

「心配せずとも、ここは元から女性が裸で水浴びをするために作られた場所だ。里の男達がこの場に立ち入ることは絶対にないぞ。もっとも、あの王子達は知らぬがな」

クラウディアがそう言って笑う。

王子だけでなく、王子が連れてきた騎士達もこの里に残っていて、いまは壊れた設備の修復などを手伝っている――が、勝手に出歩くような不届き者はいない。

そこまで聞いて、ようやくクラリッサは安堵の表情を見せた。

平民のように外で水浴びすることがなく、上級貴族のように使用人に身体を洗わせることもない。平均的な貴族令嬢である彼女が一番、水着姿に抵抗があるようだ。

――と、アイリスはその結論に至った。

「そういえば、クラリッサは貴族家のご令嬢なんですよね？」

「ええ、アイリスさん。一応は伯爵家の次女です」

次女とはいえ、誇り高き伯爵家のご令嬢。そんな彼女が一応とつけたのは、彼女がアルヴィン王子と同様に妾が産んだ子供だからだ。

これは、アイリスがレムリアに滞在するようになってから調べ上げた事実だが、妾の子である王子には、妾の子であるメイドがお似合いだ――といった差別が過去にあったようだ。

無論、力をつけたアルヴィン王子を侮《あなど》る者はもはやいない。

クラリッサもまた、アルヴィン王子の専属メイドとしてだけでなく、秘書官のような役割も担《にな》っていて、アルヴィン王子の右腕ともいえる存在になっている。

もし彼女を失っていたら、アルヴィン王子の行動は大きく変わっていただろう。

「あの、アイリスさん？　そんなふうにジロジロと見られると恥ずかしいのですが」

「少し考え事をしていました。ですが、恥じることはなにもないと思いますよ」

普段は野暮ったいメイド服を着ているので分からなかったが、こうして水着で並べば、クラリッサが他の女性達と比べても遜色《そんしょく》がないスタイルの持ち主であることが分かる。

なんてことを考えていると、クラリッサは恥じ入るように、その身を水面に沈めた。

「は、恥ずかしいものは恥ずかしいんです。特にアイリスさんに見られるのは恥ずかしいといいますか、アイリスさんは本当に素敵なプロポーションをしていますね」

「ありがとう。でも、褒めてもなにも出ませんよ？」

「いいえ、ファンクラブの集会で話すネタが出ます、いっぱい」

「……ファンクラブ、ですか？」

「いえ、すみません。こちらの話です」

よく分からないが、追及されたくないという雰囲気を察して引き下がる。アイリスは、自分のファンクラブが、王城の使用人達のあいだで育ちつつあることを知らない。

「そういえば、クラリッサはアルヴィン王子と一緒に王都に向かったはずですよね？　往復したにしては、速すぎる気がするのですが……」

アルヴィン王子の往復速度は尋常ではなかった。少なくとも、馬車に乗って移動していては絶対に間に合わない。クラリッサも馬を駆ったのだろうかと首を傾げる。

「いえ、私は護衛の騎士達と合流した時点で王子とは別れ、借り受けた騎士達を使って近隣の村への警告や、魔の森の偵察をおこなっていました。なので、アルヴィン様と一緒に行動したのは、森の中を行き来するときだけですね」

「なるほど、そうだったんですね」

クラリッサも隠れ里のために動いてくれていた。それを知ったアイリスは感謝の言葉を口にする。その後、軽く雑談に花を咲かせていると、背後からのし掛かられた。

「アイリスせーんせいっ」

耳元で底抜けに明るいフィオナの声が響く。ぎゅっと抱きつかれたアイリスは瞬いて、「フィオナ王女殿下？」と問い返した。

「さっきアストリアから聞いたんだけど、ここに大きなアストラルラインのたまり場があるって本当ですか？」

「本当ですが……って、さっき、アストリアから？」

フィオナがアストラルと邂逅《かいこう》できるのは城の地下にあるアストラルラインのたまり場だけで、精霊の顕現は出来なかった、はずだ。

にもかかわらず、さっき聞いたということは――と、アイリスの疑問に答えるように、背中にのし掛かっているフィオナが右手をアイリスの前にかざした。

その手のひらの上に、小さなアストリアが顕現する。

「……え、なんですか、これは」

「アストリアを顕現させるには力が足りなくて、だったら小さくしたら出来るかなって思ってやってみたの。そしたら、出来ちゃった」

「いや、出来ちゃったって……そんな」

さきほどの稽古で、少しコツを話しただけ。

しかも小型化での顕現は、アイリスも聞いたことのない技術――だが、目の前にいる小さな精霊はたしかにアストリアで、フィオナとの繋がりを保っている。

(前世の記憶があるわたくしは大概だと思っていましたが、いまのフィオナも大概ですね。かつて、フィオナに稽古をつけて呆《あき》れていたアッシュ達の気持ちが分かった気がします)

習熟速度が尋常ではない。

自分が何年も掛けて身に着けた技術を、たった数週間で身に着けてしまう。教え甲斐があるのは事実だが、同時に師匠泣かせな存在と言えるだろう。

もっとも、フィオナがお気に入りのアイリスにとっては純粋に喜ばしい話である。

「アイリス先生、褒めてください」

「ふふっ、フィオナ王女殿下は可愛らしいですね。それに、精霊の顕現もあっという間に為し遂げて、すごく偉いですよ」

「ありがとうございます、アイリス先生！」

喜ぶフィオナの頭を背後に回した手で撫でる。

これで、初代剣姫の再来という売り込みが可能で、フィオナの次期女王という地位は不動のものとなるだろう。だからこそ、それにまつわる問題を先に解決する必要がある――と、フィオナの頭を撫でながら、アイリスはクラウディアの姿を盗み見た。

2

水浴びの後――クラリッサはアルヴィン王子の下へ。フィオナは水浴びをした直後にもかかわらず、再び稽古をするとアッシュの下へと向かっていった。

対して、イヴはクラウディアの下で錬金術のお勉強で、アイリスはそちらのグループに同行する。目的はクラウディアとの話し合いである。

というわけで、やってきたクラウディアの家。クラウディアが教室を開いて、子供達に勉強を教えている。アイリスは後ろの席に座り、クラウディアがおこなう授業を見学していた。

子供達――とは言ってもアイリスに近い年齢の子供もいる。そんなわりと大きな子供達が、見た目は十四歳くらいのクラウディアに学んでいる。

彼女がハイエルフであると知っているアイリスだが、やはりなんだか微笑ましい。

というか、かつてのアイリスは彼女が見た目通りの子供だと思い「ディアちゃんは物知りなんだね？」なんて笑っていた。いまにして思えば、とても恐れ多い所業である。

（あぁ見えて、２００年くらいは生きていますからね）

懐《なつ》かしい――と、ニコニコしていると、ジロッとクラウディアに睨まれる。どうやら、考えていることがなんとなくバレてしまったらしい。

アイリスが素知らぬ顔で小首を傾げると、クラウディアは小さな溜め息を吐く。

「よし、おまえ達。いま教えたことを実践してみろ」

黒板に書き示した錬金術の実験方法を指し示し、それからアイリスに視線を合わせた後、奥にある彼女の研究室を示した。どうやら付いてこい、という意味らしい。

アイリスはこくりと頷《うなず》いて、彼女の後を追い掛ける。

彼女は教室の奥にある自分の実験室に入ると、無造作に紅茶を入れ始めた。実験に使うビーカーで水を沸騰《ふっとう》させる彼女を見て、アイリスは相変わらずだなぁと苦笑いを浮かべた。

「言っておくが、これは紅茶用のビーカーだ。ちゃんと分けているから心配するな」

「そこは信じていますが、紅茶は容器で味が変わるんですよ？」

「む？　容器で味が変わるというのは……なんらかの反応が起こる、ということか？」

「金属の種類によってはそういった反応もあるそうですが、ガラスなら問題ないはずです。わたくしが指摘したのは形状のことです」

容器の材質や水の種類、それに水に含まれる空気の量でも味に変化が生まれる。そして旨味を引き出すのにもっとも重要なのは対流による茶葉のポッピング。

球体に近い形が好ましいので、円柱であるビーカーで再現するのはかなり無理がある。

「ふぅむ……料理も実験と同じ、というわけか。なかなかに興味深い話だが……その話をするために、私のもとを訪ねてきたわけではあるまい？」

「はい、クラウディアに二つほど相談がありまして」

「相談が二つ？　片方は分かるが、もう片方はなんだ？」

催促されて、アイリスは唇を噛んだ。

自分が魔王の魂を持っていて、だからこそこの里が襲撃されたかもしれない。そんな事実を口にすれば、この里の住人であるクラウディア達に恨まれるかもしれないからだ。

だが、それでも、アイリスは黙っていることを嫌った。

「実は……魔族の目的は私だった、可能性があります」

「……ほう、そうなのか？」

罵《ののし》られても仕方がない。くらいの覚悟をしていたアイリスは拍子抜けする。

「そうなのか――って、それだけですか？　わたくしがこの里に来たせいで、なんの罪もないこの里の住人が怪我を負ったのかもしれないんですよ？」

「なるほど、それで責任を感じているのか。だが、それはあり得ぬな」

アイリスとて、自分の責任を感じていないわけではない。むしろ人一倍責任を感じていて、それでも毅然《きぜん》と振る舞っていた、というのが正解だ。

なのに、それを根本的に否定されて混乱してしまう。

「あり得ない？　いいえ、わたくしはこの耳で、魔族の口から聞きました。わたくしが魔王の魂を持つ人間である、と」

「……魔王の魂だと？　おまえはそれを信じたのか？」

「分かりません。ただ、そう思っている魔族がいることは事実です」

重要なのは、アイリスの魂が本当に魔王と関連するのかどうかではない。重要なのは、そう信じる魔族がいて、アイリスを狙っているという事実だ。

否定する根拠がない以上、魔族が止まるとは思えないからだ。

「ふむ……たしかに、いろいろと調べる必要はあるな。だが、だとしても、この里の襲撃はアイリスのせいではないだろう」

「なぜそう思うのですか……？」

クラウディアに限って、気休めでそんなことを言うとは思えない。だからこそ、彼女がそう口にする根拠がなんなのかと困惑する。

「簡単な話だ。結界になされた細工の痕跡が、昨日今日のものではなかったからだ」

「昨日今日のものではない、ですか？」

「そうだ。アイリスの言葉を信じ、バード族長が調査を命じた。そして見つけた結界に施された細工は、少なくとも数ヶ月以上前に仕掛けられていた」

事実であれば、魔族が結界を仕掛けた目的は、アイリスとは別にあったことになる。少なくとも、その時点でアイリスがここに来ると分かるはずがない。

「これは私の予想だが、魔族には二つ目的があったのではないか？」

「……そう、かもしれません」

最初に現れた少女、エリスと名乗った魔族はアイリスを生きたまま連れ去ろうとした。だが、後から現れた魔族はアイリスを殺そうとした。この里の襲撃こそが本来の目的で、エリスは他の魔族の計画を利用してアイリスを攫《さら》おうとしたと見ることが出来る。

（魔族も一枚岩ではないのかもしれませんね）

「それにしても魔王の魂、か。もしや、おまえが過去に戻って転生したという話、その魂が原因ではないか？」

「それは……魔王の魂がアイリスを乗っ取ったと、そういう意味ですか？」

この世界にはもともとフィオナとアイリスがいて、魔王の魂が最初はフィオナ、その次はアイリスに宿ったという可能性。たしかに否定できない。

それに、前世のフィオナといまのフィオナの魂が違うのなら、それはもう違う人間と言っても差し支えがない。アイリスがフィオナを妹のように可愛がっていることにも納得がいく。

ここに来て、アイリスがナルシストではない可能性が浮上した。

「無論、あくまで可能性だ。だが……それほど心配せずともよいのではないか？　おまえが私をディアちゃんと呼びたがったのは、前世のおまえがそう呼んでいたから、なのであろう？」

「ええ、そう、ですけど……それが？」

どう関係あるのかと困惑する。

「簡単なことだ。おまえは二度に渡って、私をディアちゃんと呼ぶ資格を得た。そのような人間が、悪人のはずがなかろう」

「え、それって……」

ここにいるアイリスが魔王のような悪であるならば、愛称で呼び合うような仲にはならないという意味。であると同時に、いまのセリフは――

「ディアちゃんと呼んで、いいのですか？」

「おまえにはいろいろと助けられたからな。それに、最初はディアちゃんなどと、私を見下しているのかと思ったが、そうじゃないとも分かった。ゆえに、好きに呼ぶがいい」

それが彼女なりの慰めだと理解したアイリスは「ありがとう……ディアちゃん」と、今日一番の笑みを浮かべた。


アイリスが魔王の魂を持つ説は保留。クラウディアがいろいろと調べてくれるとのことで、ひとまずは信頼できる者達だけに打ち明けることとなった。

でもって、アイリスは再開したクラウディアの授業風景を見学した後、授業を終えたクラウディアに連れられて薬草園へと足を踏み入れた。

先日の襲撃で、ポーションを相当数作ることになった。ゆえに、薬草園は悲惨なことになっているとアイリスは予想していたのだが――

「思ったよりも、薬草が育っていますね」

「アイリスが気付かせてくれたおかげだな。従来よりも早く薬草が育つようになり、治癒の効果も上がっているようだぞ。ま、おまえは知っていたかもしれぬがな」

「あはは……」

アイリスに前世の記憶があり、しかもその前世では彼女をディアちゃんと呼んでいた。それを知ったクラウディアなら、いまのアイリスがいろいろ知っていて当然だと気付いたはずだ。

「もしかして、ディアちゃんって呼ぶのを認めてくれたのはそれが理由ですか？」

「まあ、そうだな。それもある」

アイリスの知識は、未来のクラウディアから学んだことだ。それを自分の知識としてひけらかさず、クラウディアが自分で気付くように仕向けた。

そんなアイリスの性格を好ましく思ってくれた、という意味。

（決して狙ったわけではありませんが、苦労した甲斐はありましたね）

「話を戻すぞ。おまえが治癒魔術を惜しみなく使ってくれたおかげで、ユグドラシルを使ったポーションの在庫は比較的余裕がある。ゆえに――」

クラウディアが薬草園の片隅を指差した。そこには小さな植木鉢に移されたユグドラシルの苗が十個ほど並んでいた。

「バード族長にも許可を取った。その鉢を持って帰るがよい」

「ありがとう、ディアちゃん」

いたずらっ子が顔を覗かせた。アイリスがクラウディアを自分の胸に抱き寄せると、調子に乗るなと押し返された。フィオナのようにちょろくはないらしい。

「ところでアイリス。おまえはいつまでこの里に滞在しているつもりだ？」

「ん～。族長との交渉が残っていますので、あと数日といったところでしょうか？」

「……そうか。まぁ、なんだ。魂の件ではいろいろと苦労もあるだろうが、そなた達は里の恩人だ。なにかあればいつでも私を頼ってくるがいい」

「ありがとうございます。わたくしは当面、リゼル国に滞在していると思います、リゼルやレムリアでも薬草園を作る予定なので、ディアちゃんもいつか遊びに来てくださいね」

「……ああ、約束しよう」


こうして、アイリスはこの里でのおおよその目的を果たした。最後に、バード族長と交易についての会談を設けたのだが、その話し合いは非常に難航していた。

ただし、族長がどうのという話ではなく――

「お待ちください、アルヴィン王子、それではレムリア国が一方的に有利ではありませんか」

「それは認めよう。だがアイリス、おまえの提案ではリゼル国が有利ではないか」

「アルヴィン王子ほど無茶じゃありません。と言いますか、最近はレムリア国を贔屓《ひいき》しすぎだと実家からお叱りを受けているんです。さすがにこれは見過ごせません」

レムリア国の代表として交渉に臨《のぞ》むアルヴィン王子と、自称リゼル国の代表であるアイリスのあいだで軋轢が生まれた結果である。

二人はバード族長をそっちのけで交渉に熱くなっている。バード族長はずいぶんと前に、話が纏まったら呼んでくれと席を立ってしまった。

そんなわけで、二人での話し合いは続く。

そもそも魔の森はどちらの国の領地でもなく、中立地帯のようになっている。

それゆえに小さな里でありながら、第三の国のような扱いをする必要があり、リゼルとレムリアの両方に交易のチャンスがある。

それ自体は問題ないのだが……魔の森には迷いの結界がある。だから、隠れ里の者達と取引をするための拠点を森の側に作ろうという話になった。

隠れ里の技術と、両方の王都から運ばれてくる物資が流れ込んでくる。その拠点が発展するのは明らかで、だからこそ、どこに拠点を作るかで揉めているのだ。

ちなみに、アイリスのほうが劣勢である。

なぜなら、アルヴィン王子は王子としてそれなりに裁量権があるのに対して、アイリスは言うなれば家出中の公爵令嬢であり、いくら賢姫とはいえ勝手に決められる権利はない。

ここならば問題なく町を作れると断言するアルヴィン王子と、ここに町を作ることをリゼル国に提案するのはいかがですかと口にするアイリス。

アイリスが劣勢なのは無理からぬことだろう。

もっとも、それだけのハンデがありながら話し合いが成立しているのは、アルヴィン王子やバード族長が、アイリスにいろいろと借りがあることを自覚している結果ともいえる。

それでも、アイリスの意見を飲むには至らないのもまた事実ではあるのだが。

「このままでは埒《らち》があきません。いっそ、レムリアとリゼルの緩衝地帯に交易の町を作る、というのはいかがですか？」

「……それは結局、町の人間をどちらから連れてくるかで揉めるのではないか？」

「片方から連れてくるならそうなるでしょうね」

緩衝地帯に町を作り、どちらかの国がそれを支配する。それはつまり、その緩衝地帯をどちらかの国が占領するも同然で、交渉がより激しくなるのは目に見えている。

ただし、片方から連れてくるのならばの話であると、アイリスは繰り返した。

「おまえ……まさか、第三の国を作ろうと考えているのではあるまいな？」

「それこそまさかです。一つの町を東西に分けて管理するのです。もちろん、完全に分けてしまっては効率が悪いので、ある程度は緩衝地帯を作る必要があると思いますが……」

「なるほど。両国の縮図を町として作る、ということか」

西はレムリア、東はリゼル。その中間地点には緩衝地帯。それの縮図を緩衝地帯の中に作る町として再現する。そこを両国と隠れ里への交易の要とする、ということ。

「無論、簡単になせることではありません。それにわたくしではなく、リゼル国とも改めて話し合う必要もあります。ですが、メリットも大きいのではないでしょうか？」

このもくろみが成功すれば、リゼルとレムリアの国交は強化される。

なにより、両国を結ぶ街道が発展すれば、アイリスがレムリアに向かうときに受けたような魔物の襲撃も減り、両国の交易も盛んになるだろう。

「たしかに両国の発展には繋がるだろう。だが、それほど重要な地を任せるには、両国から相応の人物を……ふむ。アイリスにしては、良い案なのではないか？」

「なぜだか、急に不安になりました」

態度を急変させたアルヴィン王子が不気味すぎると、アイリスは身を震わせる。

「心配するな。それほど無茶な提案ではないはずだ。リゼル国に交渉を持ちかける程度の価値はあるだろう。というわけで、族長を呼んできてくれ」

アルヴィン王子が隅に控えていたクラリッサに命じる。

その後、アイリスとアルヴィン王子が話し合った結果をバード族長に伝える。彼はそれに応じ、ひとまずはリゼル国とレムリア国で詳細を話し合うこととなった。

アイリスがこの里に来た目的は本当にすべて果たされた、というわけだ。

翌日、アイリス達一行は里を発つことになった。

アイリスとフィオナとアルヴィン王子。それに使用人達と、アルヴィン王子が連れてきた兵士達が里の外れに集まっていた。そこに、バード族長はもちろん、アッシュにローウェル、それにクラウディア。その他、里の者達が大勢で見送りにやってくる。

その光景を目の当たりに、アイリスは不思議な感情を抱いていた。

(わたくしは、彼らを護《まも》れたのでしょうか？)

自分こそが、彼らを危険に晒《さら》したという思いが消えたわけではない。

それに今回の襲撃によって、数年後の襲撃がなくなるのかは不明だ。あるいは、半年後にレムリアに押し寄せるはずだった魔物がこちらに来たのかもしれない。

だが、結界に仕掛けられた細工を見つけた以上、前世のような悲劇は繰り返さないだろう。

(大きな一歩、といったところでしょうか)

少なくとも、アイリスが隠れ里にやってきた目的は果たすことが出来た。なにより、アルヴィン王子が前世でフィオナ王女殿下を追放した理由が分かった。

その代わり、新たな問題も発生してしまったが、残された問題はこれから解決していけばいいと気持ちを切り替え、アイリスは見送りに来た里の者達に別れを告げる。

「バード族長、交渉に応じてくださったことに感謝いたします」

「それはこちらのセリフじゃ。そなた達には感謝してもしきれぬ。もしそなた達になにか問題が発生すれば、今度は我々が手を貸すと約束しよう。古《いにしえ》の盟約とは関係なく、な」

「……ありがとうございます」

バード族長には、クラウディアと同様にアイリスが狙われていた可能性を伝えてある。にもかかわらず、彼はアイリスに感謝をすると言った。

その意味を理解したアイリスは深く頭を下げた。

続けて、クラウディアやローウェル、それにアッシュとも別れを告げる。イヴやネイト達は、この数日で仲良くなった子供達に別れを告げている。

最後は見送りに来てくれた者達全員に手を振って、アイリス達は隠れ里を後にした。

エピローグ
歴史の転換期

隠れ里から徒歩で森を抜けた後は、待機させていた馬車に乗って街道を進む。

アイリス達の一行にはアルヴィン王子が引き連れてきた騎士達も同行しているため、結構な大所帯になっている。その数はおよそ百、リゼルの国境に近付いたら戦争を仕掛けに来たと間違えられるレベルである。

（これだけの護衛がいれば、さすがにエリスとかいう魔族も手を出してこないでしょう）

なにも考えていない魔物ならともかく、知恵ある者が手を出してくる数ではない。だが、だからといって、彼らに知らせなくていい理由にはならない。

帰りの馬車の中、アイリスはアルヴィン王子とフィオナに大切な話があると伝え、クラリッサを始めとした使用人達を別の馬車へと移動させた。

「まずは——このたびの救援、ありがとう存じます。貴方《あなた》がたのおかげで多くの命が救われました。わたくしにとってもお二人は命の恩人です」

アイリスが深々と頭を下げる。それが意外だったようで二人は沈黙する。

だが一呼吸置き、アルヴィン王子が肩をすくめた。

「なにを言うかと思えば、アイリスがしてくれたことへの恩返しとしてはまだまだ足りていないレベルだ。そなたが気にするようなことではない」

「そうだよ、アイリス先生。私もアイリス先生が私の先生になってくれたこと、すごく感謝しているよ。だから、先生が困っていたら助けるのは当然だよ」

「……ありがとうございます」

二人の気持ちがとても嬉しい。

けれど高潔なアイリスは「だけど……」と返さずにはいられなかった。

「二人に伝えなければいけないことがあります。隠れ里を襲った魔族は三人いました。そして撤退していったエリスと名乗った魔族、彼女の目的は私を連れ去ることだそうです」

「そなたが目的だと？　それはどういう意味だ？」

「実は――」

アイリスはエリスから聞いた事実。自分が魔王の魂を持つ人間であり、だからエリスが自分を攫おうとした可能性が高いという話を包み隠さずに伝えた。

「アイリス先生が、魔王の生まれ変わりなの？」

「だからおまえはそのように口が悪かったんだな」

「口は関係ありません、ぶっとばしますよ!?」

反射的に返してから、アルヴィン王子をジロリと睨みつける。

「人が真面目な話をしているのに、貴方はなんなんですか？」

「俺にとってはその程度の話だということだ。魔王の生まれ変わりだろうが、聖女の生まれ変わりだろうが、アイリスが口の悪い賢姫であることには変わらぬ」

「そうだよ。アイリス先生が私の先生であることには変わりないよ！」

フィオナがどーんと抱きついてくる。とっさにその身体を受け止めつつも、アイリスは二人の対応に困惑してしまう。

魔の森での一件は、アイリスがいなくとも起こったかもしれない出来事だ。だが、これからもそうとは限らない。アイリスという存在が、レムリア国を危険に晒《さら》すかもしれないのだ。

「二人とも分かっているのですか？　わたくしが魔族に狙われている。つまり、私のいるところにはまた、魔族の襲撃があるかもしれない、ということですよ？」

「そなたは、賢姫が万人に愛されているとでも思っていたのか？」

「いえ、そんなことはありませんが……」

「賢姫を捕らえれば叡智が手に入るし、殺せばリゼルに大打撃を与えられる。魔族はもちろん、人間の中にもそなたを狙うものは多い。ゆえに、今更だ」

「それは……まぁ」

アイリス自身はそう思っていたが、その感覚を他人が共有できるかは別問題だ。ましてや、一国の王子や次期女王の意見ではないと思う――と、アイリスは自分を棚上げして呆《あき》れる。

「アイリス先生、私の先生を辞めたりしちゃダメだよ？」

アイリスに抱きついていたフィオナが、不安げに顔を見上げてくる。そんな彼女の不安を拭《ぬぐ》い去るように、アイリスはフィオナの頭を優しく撫でつけた。

「フィオナ王女殿下がそれでいいと言うのなら、辞めるつもりはありません。ただ、自分が狙われているることを隠したままでいるのは誠実ではないと打ち明けただけですから」

「そういうことなら気にする必要はないよ。ねぇ、お兄様？」

「ああ、その通りだ。そもそも、国にとっての不利益になると考えるのが間違いだ。魔物の被害はいままでも変わらずあったのだぞ。それも、敵の狙いが分からなかったのだ」

「あ、そっか。敵の狙いが分かるのなら、防衛もしやすいよね」

二人がそんな言葉を交わす。たしかに、そういう一面もあるだろう。少なくともアイリスなら、欠点を利点に変えることくらいは考える。

だが、二人があえてそんな話をしているのは、アイリスを気遣ってのことに違いない。

「というわけで、アイリスが気に病むことはない。だからアイリスはいままで通り、フィオナの家庭教師を続けるがいい」

「ありがとうございます。それでは、これからもよろしくお願いしますね」

アイリスは感謝を込めて頭を下げた。

そんなわけで、アイリスはフィオナの教育係を続けることになった。

もっとも、隠れ里と交わした約束について、リゼル国へ赴いて相談する必要がある。しばらくは教育係の仕事をお休みする必要があるだろう。

――という話をすると、速攻でフィオナが拗《す》ねた。

「今回もお留守番だったのに、またお留守番なんて嫌だよ。今度はついていくからね」

「それは難しいでしょう。剣姫が隣国へ渡るなど、相当な大事になりますよ」

「賢姫のアイリス先生がレムリア国に滞在してるのに？」

「うぐ。それを言われると弱いですが……」

例外中の例外だが、実例がここにいる以上、例外だからと却下するのは難しい。困ったアイリスは、アルヴィン王子に視線で助けを求めた。

「ふむ……たしかに、フィオナをリゼルに向かわせては大事になるな。だが、魔族に狙われているそなたをリゼルに向かわせるのも大事になるのではないか？」

「それは……まあ、たしかに」

魔族が襲撃してきた場合だ。

使節団の前で、アイリスが魔王の魂を持つなんて暴露《ばくろ》されれば大事だ。そうでなくとも、魔族の襲撃を受ければ、無事に撃退したとしても両国の関係悪化に繋がりかねない。

あくまで、可能性の話ではあるが。

「ですが交渉は必要です。アルヴィン王子はどうしろとおっしゃるのですか？」

「呼びつければいいのではないか？」

「……呼びつける。なるほど」

事情を鑑《かんが》みれば、決しておかしな話ではない。

なにより、薬草園の一件でリゼル国から人員を呼び込むことになっている。それに便乗して、リゼルから人を招くのは不自然とならないだろう。

「では、その辺りの事情を添えてお父様に手紙を送ることにします」

「ならば早いほうがいい。次の休憩の時にでも手紙を書けば、伝令に送らせよう」

「そうですね、お願いします」

アイリスはさっそく手紙を書く準備を始めた。

今回のアイリスの活躍により、アルヴィン王子が暗躍し、フィオナを追放するという未来は消えるだろう。魔物の襲撃によって受ける被害も抑えられるはずだ。

なにより、リゼルとレムリアの関係が悪化していない。それどころか、今回の一件が上手く纏まれば、いままで以上に良好な関係を結ぶことになる。

あとは、落ち着いて魔王の魂について対処すればいい。そんなふうに結論づけたアイリスは次の休憩で手紙を書き上げ、さっそく実家へと送った。

そうして馬車旅は再開する。フィオナやアルヴィン王子と世間話に興じながら馬車に揺られていると、不意にその馬車が停車した。ほどなく、外が騒がしくなる。

「なにがあった？」

アルヴィン王子が窓から護衛の騎士に問い掛ける。返ってきたのは、街道の前方から騎士の一隊が向かってきます、という答えだった。

続けて届いた報告によると、その数はおよそ二百。掲げる旗はレガリア公爵家の紋章で、先頭の馬に跨《また》がるのは青い髪の少女リリエラ。彼女が率いるレガリア家の騎士団らしい。

「レガリアの騎士団……遅れてきた援軍でしょうか？」

「だったらいいのだがな」

騎士団が足を止め、その隊列から馬を降りたリリエラだけが進み出てくる。アイリス達はそれに応じて馬車を降り、同じく護衛から離れて前へ出た。

両軍が睨み合う中心で、アイリス達とリリエラが対峙《たいじ》する。

「ボクは父、レガリア公爵より、貴方達を討てと命じられました」

書き下ろし
番外編①

笑わない賢姫

幼くしてフィストリアと契約したアイリスは、その聡明さゆえに己の未来を悟っていた。だからこそ、王太子との婚約が決まったと聞かされたときも、彼女は眉一つ動かさなかった。

「……え？　王太子はザカリー王子なのですか？」

訂正しよう。

王太子がザカリー王子に決定したのは婚約と同時だった。ゆえに、婚約者である王太子がザカリー王子のことであると知ったアイリスはわずかに眉を寄せた。

というのも、第一王子のザカリーよりも、第二王子のほうが優秀なのは周知の事実だからだ。

だがそれゆえ、第一王子が王太子になった事情をアイリスはおおよそ理解した。

政治的な話になるが、政治手腕に優れた人格者を王に据《す》えることが国にとっての最善とは限らない。第一王子よりも第二王子のほうが優れているとはいえ、王位継承権や周囲の利権、もろもろの関係では第一王子のほうが後ろ盾となる人間が多い。国が割れる危険を冒して優秀な第二王子を次期国王に据えるよりは、地盤の固い第一王子を次期国王に据えたほうが国としての乱れが少ない。

つまり、ザカリー王子が王太子に選ばれたのは、後継者争いを最小限に抑えるためだ。

（そして王太子妃がわたくし。足りないものを補えと、そう言っているのでしょうね）

王の足りない能力は周囲で補う必要がある。むろん、優秀な部下でも補うことは出来るが、ザカリー王子が周囲の言葉に耳を貸すとは限らない。

その点、国王に匹敵する権力を持ち、王を諫めることの出来る王妃ならば問題はない。そこに賢姫を配した。現国王はアイリスが実権を握ることを想定している。

（それではまるで、傀儡《かいらい》の王ではありませんか）

幼き日のアイリスはそう思った。

同時にこうも思う。賢姫である自分が望まれたのは将来の王となる王太子を支えることであり、決して現国王の思惑通りに動くことではない——と。

つまり——

（ザカリー王太子を立派な王として育てればいいのです）

そんな結論に至ってしまった。

このとき、アイリスは十二歳で、ザカリー王太子は十三歳である。

しかし、アイリスは幼くとも賢姫。幼さゆえに未熟な部分も多々あるが、それでも普通の子供よりはずっとずっと知恵が回る。

ゆえにアイリスは自分の計画を実行するために解決しなくてはいけない条件があることに気付いていた。それは——ザカリー王太子のやる気である。

彼に学ぶつもりがなければ、いくらアイリスが協力しても無駄である。それゆえ、彼に立派な王になるというやる気があるかどうかが最大の問題だったのだが——

「アイリス、俺はおまえの傀儡になどなるつもりはないからなっ！」

婚約を結んだ後の顔合わせの席で、ザカリー王太子は唐突にそんなことを言い放った。

お祝いの場でそんなことを口にする非常識な態度。考えなしの行動を取った彼は、アイリスのおまけ扱いされそうになっているという考えに自力で至ることは出来ないだろう。

すなわち、誰かの入れ知恵だ。

考えられるのは、アイリス達と距離を置かせたい誰か。端的に言ってしまえば、アイリス達ではなく、自分達の傀儡にしたいと企んでいる誰かである可能性が高い。

そこまで理解した者達は眉をひそめ、彼の言葉の意味だけを理解した者達は頭を抱えた。けれど、アイリスだけは目を輝かせた。

「もちろんです、ザカリー王太子殿下。わたくしが貴方を王太子妃として支えますわ」

将来の夫に決意に満ちた眼差《まなざ》しを向ける。

「う、うむ。分かればよいのだ」

意味を理解していないザカリー王太子は鷹揚《おうよう》に頷《うなず》き、他の者達は見え透いたおべんちゃらだと苦笑いを浮かべる。アイリスが本気で言っていると思う者はいなかった。

「ですから、ザカリー王太子殿下。さきほどのような話は、他に人がいないところで内々になさいませ。このようなお祝いの席で話すことではありませんわよ？」

アイリスは淡々と言い放った。彼女が本気で言っていると思う者がいなかったのは、このセリフを聞くまでである。

権謀術数の飛び交う社交界で生きる者達ですら思考が追いつかなかったのだ。幼いザカリー王太子に理解できるはずもなく、彼は戸惑った顔をしていた。

だが――それから月日は流れ、ザカリー王太子は否応もなく理解した。

「ザカリー王太子殿下。さきほどのような場面では、安易に肯定する言葉を口にしてはいけません。『検討に値する案件だ』と言ったニュアンスではぐらかすのです」

「わ、分かった。検討に値する問題だな」

「違います。問題ではなく案件です。あるいは事案でも構いませんが、ザカリー王太子殿下自身が、問題だと認識しているという直接的な表現は避けてください」

「ぐぬ……わ、分かった」

あるパーティーの席。とある貴族の話術に引っかかり、口約束とはいえこちらに不利益な約束をしてしまったザカリー王太子に、なにが問題だったのかをそっと指摘する。

「ザカリー王太子殿下。公式の場では、目下の者は目上の者が話し掛けるのを待たなくてはいけないというマナーが存在します。ですがそれは、王太子殿下が好き勝手に話していいという意味ではありません。状況を考え、王太子殿下が状況をコントロールしなくてはいけません」

「くっ。だがしかし、おまえはいつも遠慮なく話しかけてくるではないかっ」

「その通りです。ですからザカリー王太子殿下。わたくしがなにかを口にするまでもなく、自分ですべてをコントロール出来る王になってくださいね?」

「ぐぬっ」


またあるパーティーでは、身分の低い者をその場に待たせたまま、他の者達との歓談を始めてしまったザカリー王太子をさり気なく諭した。

もちろん、その場を離れてからの指摘である。


その後も、アイリスは王太子に様々な教育を施していく。

だが、そんなある日。

「いいかげんにしろ、アイリス。俺は王太子だぞっ!」

「はい、そしてわたくしは貴方を支える王太子妃となる者でございます」

「ぐぬ……お、俺はおまえよりも年上だぞ!」

「……なるほど、理解いたしました。いままでのご無礼、お許しください」

(つまり、ザカリー王太子殿下は、年下のわたくしに自分の未熟さを指摘されるのは、プライドが傷付くのでやめて欲しいということですね、気を付けましょう)

そうして気を付けたアイリスは、ザカリー王太子の家庭教師を招喚。家庭教師に対して、ザカリー王太子の未熟な部分を報告し、それを改善するためのプランを立てさせる。

「……あの、アイリスお嬢様。ザカリー王太子殿下はおそらく、指摘されること自体が嫌なんだと思うのですが……？」

それを見ていた側仕《そばづか》えの一人がそう口にした。

「もちろん分かっているわ。でもね？　彼は傀儡の王にはなりたくないと言ったのよ？　ならば、どれだけ嫌なことがあったとしても、現状を変えなければいけないのよ」

「その結果、アイリスお嬢様が王太子殿下の不興を買ったとしても、ですか？」

「それは仕方のないことよ」

賢姫であり、王太子妃でもある。

アイリスに課せられた役目は、次期国王を支えて国を豊かにすることである。そのために、王太子殿下の寵愛《ちょうあい》を失うことになったとしても、役目を投げ出すことは出来ない。

妻としての幸せのために、賢姫としての役割を投げ出すわけにはいかない。だから――と、アイリスは心を氷のように凍らせて、淡々とザカリー王太子の成長を促していく。

そうして二年の月日が流れた。

アイリスは十六歳になり、ザカリー王太子は十七歳になった。

アイリスや家庭教師が努力したことで、ザカリー王太子も少しは成長した。

王太子としては未熟。実のところ、年相応の貴族としても未熟。そんな評価を得ていた彼が、年相応の貴族としてなら普通くらいにまで至ったのだ。

もちろん、これはすごいことだ。周囲の者達だって成長している中で追いついた。ザカリー王太子は間違いなく、同年代の貴族達よりも成長したのだ。

だが、彼はそれでよしとしてしまった。

もう十分だと言い、家庭教師の授業から逃げるようになったのだ。

アイリスだけでなく、周囲の者が諭しても耳を貸さない。努力をやめた彼は成長が止まり、あっという間に努力している同年代の貴族の子供達に置いていかれることとなる。

(傀儡の王にはなりたくないと、あの言葉は口だけだったのですね)

アイリスは王太子妃になりたかったわけじゃない。

それでも、アイスフィールド公爵家の娘として、また賢姫として、尽くさねばならぬ義務がある。だからこそ、アイリスはその義務を果たし、その上で自分の夢を掴む努力をした。

傀儡になりたくないと言った王太子を信じ、彼の成長を促す努力もした。

けれど、ザカリー王太子は努力をやめた。いまの彼が自ら考えて動く王になれるとは思えない。であれば、彼が誰かの操り人形にならないようにアイリスが支えるしかない。

傀儡となにが違うのかと問われれば答えるのは難しい。だがアイリスはザカリー王太子の意志を汲《く》み取り、その意志に沿って助言するつもりだ。少なくとも、自分の利益のためにザカリー王太子を操ろうとする者とは違う。

それに、王は必ずしも自分ですべてを為す必要はない。適材適所、人材を使いこなすこともまた王の資質だ。アイリスがそう考えるようになったのは、十六になった頃だった。

この日のアイリスは、ある計画を携《たずさ》えて王太子のもとを訪れた。

王太子は王城の中庭で、取り巻き達とお茶会に興じていた。

「きょ、今日はなんの用だ。俺は別に粗相《そそう》などしていないぞ」

粗相はしておらずとも、勉強に励んでもいない。

彼が連れているのは、彼を傀儡の王にしようとしている派閥の者達と、実家の力が弱く、生き残るために彼にすり寄っている者達ばかりだ。

そんな取り巻き達の行動を、アイリスは悪いことだとは思っていない。

かつて人間が道具を生み出して魔物に対抗したように、足りないなにかを他のなにかで補おうとするのは人間として正しい行動だ。少なくとも、アイリスはそう考えている。

だから――と、無邪気な笑みを王太子に向けているヘレナという男爵令嬢の姿を目に留めたときも敵意は抱かなかった。どちらかと言えば、王太子の寵愛を勝ち取って実家を立て直そうとする頑張り屋さんだと、好意的な感想すら抱いていた。

だがしかし、だがしかしである。

（ほどよく利を配って忠義を勝ち取るならともかく、お世辞を鵜呑《うの》みにしていい気になって、

相手の思惑通りに操られてどうするのですか、このへっぽこ王太子は）
アイリスは思わずこめかみに手を添えた。
だが、思い浮かんだ小言はすべて飲み込んだ。彼にはいくら言っても無駄。それならば、無駄に関係を悪化させるだけだと彼の救済を諦めたのだ。
そうして、相談があるので少しだけ時間をいただきたいと願い出た。

「……それで、俺に話とはなんだ？」

一時的に場所を移し、お茶会の席から少し離れた場所で立ったまま話をする。互いの距離はザカリー王太子の身長よりも離れている。これがいまの二人の距離だ。

「王太子殿下は以前、民の暮らしを豊かにしたいとおっしゃってくれましたね？」

「ん？　あぁ……たしかにそう言ったな。まさか、だからいまから勉強をしろというのではないのだろうな？　俺はいま、未来の側近達と友好を深めている最中だぞ」

「――わたくしはただ、研究所を作る許可をいただきたいのです」

無駄な口論を避け、自分の要望を突きつける。

「……研究所だと？　なにをするつもりだ」

「王太子の名の下に、国を豊かにするための研究をおこなう施設です。詳細はこちらに纏めてありますので、どうかご覧ください」

必要最低限に纏めた羊皮紙が二枚。それをザカリー王太子に手渡すと、彼はこめかみをひくつかせて近くに控えていた執事に手渡した。

「……ザカリー王太子殿下？」

「後で読む。いまはおまえから話を聞こう」

わずかな沈黙。アイリスはかしこまりましたと唇を結んだ。

「研究所には技術者を集めます。そうして農具の開発や、現在は大きなコストが掛かっている製鉄技術の改善など、様々な研究に尽力する予定です」

「……それを、おまえが主導すると？　つまりおまえは、自分が手柄を立てる手伝いを俺にしろと、そう言っているのか？」

アイリスは感情を押し殺し、その内心が顔に出ないように表情を固定した。ただし、心の中を具現化すれば、アイリスのこめかみには青筋が浮かんでいるだろう。

「研究所を建てるのはあくまで王太子殿下です。貴方の許可のもとにおこなう研究ですから、そこで得られる成果は貴方の実績となりましょう」

そしてそれには、研究の内容を把握することが重要だ。さきほど渡した羊皮紙の内容は、ちゃんと目を通しておいてくださいねと言外に訴えかける。

ザカリー王太子は露骨に顔をしかめた。

「つまりおまえは、俺におまえの手柄を奪えというのか？」

（この王太子、めんど……いえ、ダメよ。王太子殿下に対し、そのようなことを思っては）

心が荒《すさ》んでいくのを自覚しながら、それでも表情は変えない。

「王太子殿下は誤解なさっています。王とは、すべてを自分で解決する者に与えられる称号ではありません。ときには自ら動くことが必要なこともありますが、優秀な者を見いだし、上手く用いることで成果を上げさせる。それも王にとって立派な資質です」

「それでは、傀儡と同じではないか！」

「似ているようでまったく違います。傀儡の王とは、他人の都合に振り回されるだけです。ですが真の王は多くの意見を聴き、自身の知識と照らし合わせ、自ら決断を下すのです」

アイリスはそのアメシストの瞳でザカリー王太子を見据《みす》える。

彼は忌々《いまいま》しげに口元を歪めた。

「つまり、俺がおまえの申し出を受ける必要もないということだな？」

「……その通りです。わたくしの提案に受ける価値がないとザカリー王太子殿下が自ら判断なさったのなら、どうぞ断っていただいて構いません」

（自分の手足を上手く扱う、それすら出来ないのであれば……）

その続きは、心の中ですら言葉にしなかった。

ほどなく、ザカリー王太子はにやっと笑った。

「そうか。ならば――」

　だが、ザカリー王太子がその続きを口にするより早く、彼の隣に立つ執事がなにかを耳打ちする。それを聞いた王太子の顔が忌々しげに歪む。

「……いいだろう、研究所を建てる許可を出す。おまえの好きにしろ」

「はい、必ずや成果を上げてご覧に入れます」


　研究所設立の許可を得たアイリスは即座に行動を開始した。

　アイリスは力ある公爵家のご令嬢で、望むなら実家の資金で研究所を設立することも難しくない。だが、それではザカリー王太子に許可を得た意味がない。

　アイリスはまず、この国の財務大臣に計画書を持ち込むことにした。

「計画書を作るから、あなた達も協力してちょうだい」

　側仕《そばづか》え達に指示を出す。

　それぞれが自分の役割を果たすために動き始めるが、そのうちの一人が不満気な顔をした。ウェーブの掛かった赤髪を、結び目が見えないように結《ゆ》い上げた彼女の名前はアニタ。アイリスが重宝《ちょうほう》しているメイドである。

「アニタ、なにか不満があるのかしら？」

「あります、ありまくりです」

　彼女はなにに不満があるかとは言わなかった。だが聞くまでもなく、ザカリー王太子の反応についてだと分かっていたので、アイリスもそれ以上は追求しない。

なのに、アニタは我慢が出来ないとばかりに言葉を重ねた。

「傀儡の王になりたくない。それ自体は別に構いません。ですが、それならば相応の努力はして当然ではありませんか！　なのに、あれも嫌、これも嫌と我が儘ばかり重ねて――」

「アニタ、そこまでよ」

本人がそこにおらずとも、王太子を侮辱《ぶじょく》するような言葉は許されない。王太子妃となる者として、そのような無礼を許すわけにはいかない。

だからこそ、アニタの言葉を遮った。

王太子のために、自分の側近を叱りつけるなんてしたくなかったからだ。

「……貴女がわたくしを思って言ってくれているのは理解しているわ」

「だったら――」

彼女は不満を重ねようとするが、アイリスは視線でアニタの口を閉じさせる。

「殿下はまだ未熟だけど、決して愚かではないはずよ。今日は出来ずとも、きっと明日には出来るはず。いいえ、出来るようになってもらわなくてはいけないの」

彼が王太子である以上、決して楽な道を選ぶことは出来ない。

逆に言えば、王太子でなければもっと他の道もあっただろう。優秀な弟を持つ彼には、王太子の座を辞退するという選択だって出来た。

それは、アイリスには与えられなかった選択だ。

自分で選んだ道なのだから、他の人より大変だと同情は出来ない。

「わたくしが王太子妃になる以上、それに対して尽力する義務があるの。少なくともわたくしは、その義務から逃げたりはしない。だからお願い。わたくしに力を貸して」

「……お嬢様。分かりました」

アニタは溜め息を吐き、私はなにをすればいいかと問い掛けてきた。そんな頼もしいメイドに向かって、アイリスは感謝の微笑みを浮かべる。

「研究所には優秀な人員が必要よ。有望な人間のリストを作ってちょうだい。身分にも、年齢にもこだわる必要はないわ。民の幸せを考えられる人間が優先よ」

「かしこまりました」

アニタは身を翻すと、足音も残さずにその場から消え去った。

アイリスより四つ年上の二十歳。幼き日よりアイリスに仕《つか》え、優秀なアイリスの無茶ぶりに応えてきた彼女はいまや、アイリスの右腕とも言える存在になっている。

人員集めは彼女に任せておけばいいだろう。

そう考えたアイリスは、即座に計画書の構成について考え始めた。

それから数日後。アイリスはザカリー王太子の名の下、この国の財務大臣に計画書を持ち込んだ。そうして予算を取って、城下町の一角に研究所の建築を開始する。

研究所の理念、当面の目的、選出メンバーなどなど、アイリスはすべて分かりやすく纏めた報告書を、ザカリー王太子のもとに送る。

そうして一年が経《た》ち、奇《く》しくもアイリスが十七になった日に王立の研究所は完成した。

研究所に、アイリスやその側仕《そばづか》え達、そして研究所の職員が集まっている。研究所の職員は熟練の技術者から、未来ある若者まで多岐にわたって揃っている。

彼らを前に、アイリスは凜とした声を発した。

「お初にお目に掛かります。わたくしはアイリス・アイスフィールド。ザカリー王太子の婚約者でもありますが、みなさんには賢姫といったほうが分かりやすいでしょう」

アイリスの言葉の切れ目に「はん、賢姫といったって子供じゃねぇか」と、囁く声が響いた。

アイリスの発言に対して、侮るような意図があったのは明らかだ。

だが、その声が周囲に聞こえるのは想定外だったのだろう。声の主とおぼしき人物は視線を集めた瞬間、「し、失礼いたしました」と慌てた様子で顔を伏せた。

ここで権力を笠に責め立てるのは論外だ。だが同時に、聞こえなかったフリをしては彼らに侮られ、ただのお飾りの代表代理となってしまう。

アイリスは少し考え「そこの貴方、前に出なさい」と当事者を呼びつけた。

処罰されると思っているのだろう。前に出た彼は真っ青な顔で許しを請い始める。年の頃は十代の後半くらい。研究者としてはかなり若い部類に入る。

ブラウンの髪に瞳を持つ彼の名はロビン、平民出身の研究者である。

「落ち着きなさい、貴方を処罰するつもりはありませんわ」

アイリスの言葉に、ロビンはハッと顔を上げる。

「ほ、本当ですか？」

「このようなことで嘘など申しません。わたくしが貴方を呼んだのは、さきほどの発言から、貴方が二つ誤解をしていることに気付いたからです」

「そ、それはなんでしょう？」

ロビンはまだ処罰される可能性があると思っているのだろう。おっかなびっくり問い掛けてくる。その姿は、蛇に睨まれたカエルのようだ。

「一つ目は、ここに集められたのは全員、民の暮らしをよりよくするために身を粉にして働いている研究者ばかりです。ゆえに年齢など関係ありません。ロビン、貴方も含めて、ね」

「お、俺の名前を……いえ、私の名前をご存じなのですか？」

「もちろん知っているわ。研究所のメンバーはみな、わたくしが選んだのだもの。貴方はロビン。農業の改革をおこなうべく、様々な研究をしているのでしょう？」

「は、はいっ！　現在、この国では地域や年によって、収穫量に大きな差があります。それを人為的にコントロールすることが出来ないかと考えています」

「とても素晴らしい研究ね。その年の気温や雨の降り方で収穫量が増減する。気候に適した作物を選ぶことや、治水に手を加えるだけでも改善するかもしれませんね」

「そ、そうですっ、その通りです！　ですから俺は――っ」

興奮して捲し立てようとした彼は、我に返って慌てて口を閉ざした。アイリスも思わず苦笑いを浮かべ「その話は後で聞きましょう」と約束する。

「先に二つ目の誤解を解きます。わたくしは賢姫だけれど、研究者ではないということよ」

その言葉には、その場に集まっている研究者達が一斉に首を捻《ひね》った。その上で、ロビンがおずおずと発言の許可を求めて手を上げる。

「なにかしら？」

「あの、研究者ではないというのはどういうことでしょう？」

「言葉通りよ。もちろん、農業についての知識も最低限は持ち合わせていますが、研究を専門としているわけではない、ということね」

「いえ、ですが、さきほど、ずいぶんと農業に対して専門的なことをスラスラと……」

「あくまで必要最低限です。あなた達の専門知識には遠く及びません」

研究者ではないから、広く浅くというニュアンス。だが、さきほどアイリスが口にしたことはまさに、自分が研究している最先端の研究内容である。

それをさわりだけとはいえ、即時に話題に出来るのは専門家以外のなにものでもない。

ロビンはそんなふうに考えたが、アイリスが否定する以上は追求できない。そう考え「では、アイリス様はなにをなさるのですか？」と問い直した。

「わたくしはこの研究所の代表代理です。代表であるザカリー王太子殿下の名の下、あなた達の意見を吟味して、国のため、民のためになる研究をおこなうように指示いたします」

「……つまり、アイリス様の言う通りに研究しろ、と？」

「それも違います。たとえば、あちらの方は様々な道具を開発する技術者です。そしてその隣にいるのは、製鉄技術について研究している学者さんです」

アイリスが指摘することで、彼らはわずかに驚きつつも嬉しそうな顔をした。彼らはみな、実力はあれど、どこにも所属していない研究者だ。

そんな彼らが賢姫に顔を覚えられている、そのことに感動しているのだ。

「たとえば、製鉄に必要な道具と、農業の改革に必要な道具、その開発の依頼が被る。そのようなときに、わたくしが優先順位を付けるということです」

「では、それ以外には自由にしても構わない、と？」

「場合によっては口を出すこともあるでしょう。ですが基本、わたくしはあなた方の研究に興味を抱いて招聘《しょうへい》いたしました。だから、細かいことは申しません」

茶目っ気を込めて笑うと、彼らからも自然と笑みが零れた。

その日から、研究者達が総出で様々な研究を始めた。

アイリスは一日に一度は顔を出し、彼らの研究内容や方針を確認していく。

「ロビン、いまはなんの研究をしているのですか？」

「連作障害についてです。同じ作物を植え続けることで収穫量が減っていくことは周知の事実ですが、その原因までは分かっていませんので」

「……なるほど。原因が分かれば、対策も改善できるかもしれない、というわけね」

現在のリゼル国は、連作障害の対策として同じ作物を植え続けないという方針を採っている。

だがそれは、そのほうが収穫量が減りにくいという経験則に基づく対策だ。

必ずしも、その対応が最善だとは言い切れない。原因が分かれば、同じ作物を問題なく植え続ける方法だって見つかるかもしれない、という研究だ。

「はい。そう思って研究をしているのですが、なかなか切り口が見つからず」

「……そうですね。自然の森は、シーズンごとに植え替えたりしません。それでも、森は何百年とその姿を保ち続けている。その理由を調べるのはいかがですか？」

「素晴らしいアイディアです！　さっそく取りかかりましょう！」

ロビンは嬉々として研究を始める。

こうなっては、周囲の声は耳に入らないだろう。彼が研究の成果を上げることを祈って見送り、近くでうなり声を上げている技術者に声を掛けた。

彼の前には、分解した道具が並べられている。

「見たところ水車のようですが、貴方はなにをしているのですか？」

「はい、実は水車に使う歯車は思いのほか寿命が短く、取り替えに掛かるコストが馬鹿になりません。そこで、故障しやすい部分だけを金属にするなど、補強できないか考えています」

「少し見せてください」

アイリスは壊れた歯車を並べて観察していく。

「どれもこれも、歯車の歯の一部が大きく欠けていますね」

「はい。それで噛み合わせが悪くなるのが故障の原因のようです」

「なるほど……ですが、なぜ、どれも一ヶ所だけが大きく欠けているのでしょう？　同じように酷使《こくし》されるのなら、すべての歯がボロボロになるのではないですか？」

「それは……たしかに妙ですね」

技術者はその疑問を解消するべく、歯車を組み立ててみた。そうして歯車を回すと、欠けた部分の歯が引っかかり、相手側の歯に負担を欠けていることが分かった。

「少し引っかかりますが、問題なく回っていますね」

負担が掛かっている感はあるが、故障しているというほどではない。

「おそらく、この欠けている歯同士が合わさるときに回らなくなるのかと」

なるほどと、アイリスは歯車を回し続ける。だが何周させても、歯車の欠けている歯同士がぶつかり合うことはない。それどころか――

「これ、ずっと同じ歯が合わさっていませんか？」

「どうやら、そのようですね」

つまり、いつも同じ歯が合わさるので、欠けた歯が負担を掛ける相手はずっと同じ。だから互いに傷付け合って、一ヶ所だけが大きく欠けて故障しているのだ。

「……歯車の数を変えれば、噛み合わせは変わりそうですね」

「たしかに！　では、さっそく研究をしてみます」

「お待ちなさい。数の組み合わせによって、だいぶ変わりそうな気がします。あちらの学者に相談してみてください。適切な数を教えてくれるかもしれませんから」

「かしこまりました！」

――と、ずっとこんな感じである。

優秀な部下を用いて、自分は決断を下すだけ――というのはなんだったのか。むしろ、様々なヒントを与えてくれる師匠のような存在だともっぱらの噂である。


こうして、更に一年近くが過ぎた。

そのあいだにも様々な研究が成果を上げた。輪作の新たな組み合わせ、壊れにくい水車の開発に製鉄技術の改善。そしてそれらを応用した技術の開発などなど。

それらが国に認められ、研究所は表彰されることとなった。

そんなパーティーの席。

王の名の下、大臣が研究成果を称えていく。研究した者達を褒め称え、その研究所を作ったザカリー王太子が評価される。それを聞いた貴族達から喝采《かっさい》が雨のように降り注いだ。

アイリスの望んだ結果で、ザカリー王太子もまんざらではなさそうな顔をしている。

「本当なら、アイリスお嬢様が受けるはずの称賛ですのに……」

隣に控えているアニタがぼそりと呟《つぶや》いた。

「滅多なことを口にするのはやめなさい。それにあれはわたくしの望んだ結果よ。これでザカリー王太子殿下がわたくしの言葉に耳を貸してくれるのなら安いものじゃない」

彼を操るのではない。彼のよき理解者として、彼の望む結果を生み出す。その結果、民の暮らしが豊かになるのなら、それはアイリスにとっても望む結果だ。

だから——と、この結果に満足していた。

だが、アイリスはザカリー王太子の怠惰っぷりを読み違えていた。

「王太子殿下、誠に素晴らしい成果です。我々は貴方の理念に感動すら覚えました。これで我が国の作物の収穫量は増加することでしょう！」

「……ん？　研究所の成果と作物になんの関係があるのだ？」

ザカリー王太子の一言に、その場が凍り付く。間の悪いことに周囲の者達も耳を傾けていたため、ザカリー王太子の一言を多くの者が聞いてしまった。

「こ、これは失礼いたしました。王太子が主導なさっていたのは水車のほうでしたか。歯の数を互いに素《そ》にする。その意味と効果を知り、私はいたく感銘を受けました」

「だから、なんの話をしているのかと聞いているのだ」

もはや、王太子に話しかけた大臣はなにも言えない。アイリスは信じられないと目を見張り、まさかと思ってアニタに視線を向ける。

「報告書はちゃんと送っていたのよね？」

まさか、ぜんぜん違う内容を書いた偽《にせ》の研究報告をしたのではと疑った。だが、アニタは即座に首を横に振った。

「アイリスお嬢様の苦労を台無しにするなどあり得ません」

「そ、そうよね。ごめんなさい」

でも、だったらどうして、ザカリー王太子がなにも知らないのかと困惑する。そしてそれは、王太子達のやりとりを見ていた者達すべての疑問だ。

それに王太子が自ら答えた。それも、最悪の形で、だ。

「そなたが言っているのはおそらく、研究の内容なのだろうな。だが、俺はアイリスに許可を出しただけだ。その詳細など、俺が知っているはずもなかろう」

これには声も出ない。会場がしぃんと静まり返る中、王太子だけが不満気に鼻を鳴らす。その音を聞き、我に返った大臣が慌てて頭を下げた。

「こ、これは大変失礼いたしました」

王太子に謝罪して、彼は足早に立ち去っていった。

だが振り向いた彼が浮かべる表情は、王太子を怒らせた失態を恥じ入るものではない。彼は、自国の王太子には決して向けてはいけないような失望をその顔に浮かべていた。

その直後、王の使いがザカリー王太子に歩み寄り、さり気なく部屋から連れ出していく。その後の展開を予想したアイリスは思わず天を仰いだ。

「……アイリスお嬢様、これからどうなさいますか？」

「そうね……ひとまず、アニタ。さっきは貴女を疑って悪かったわね」

「いえ、気にしていません。というか、そのようなことを言っている場合ではないと思うのですが、もしかしてアイリスお嬢様、冷静に見えて動揺していますか？」

「そうね。思考が停止する程度には動揺しているわ」

アイリスはパサリと開いた扇《おうぎ》で口元を隠して溜め息を吐く。それから少し考えを巡らし、ザカリー王太子のこれからの行動を予測した。

「……彼はきっと怒鳴り込んでくるでしょうね。だけど、ここで口論をするわけにはいかないわ。パーティー会場の控え室に移動しましょう」

アイリスは周囲の者達に退出を告げ、静かにパーティー会場を退出した。

ほどなく、控え室にザカリー王太子がやってきた。かなりの剣幕で部屋の前に待機する使用人に用件を告げると、半ば強引に踏み込んできた。

アイリスの側仕《そばづか》え達が眉を寄せるが、アイリスはそれを視線だけで抑え込んだ。

「ザカリー王太子殿下。なにやらすごい剣幕でしたが、わたくしになんのご用でしょう？」

「決まっているだろう、俺に恥を掻かせたことだ！」

「……わたくしが王太子殿下に恥を掻かせた、ですか。それはさきほどの席で、大臣に研究内容について語られたとき、自分は知らないとおっしゃったことを言っているのですか？」

アイリスは彼を待っている間に、彼がどんなふうに怒るか、そのパターンをいくつか予測していた。いまの彼の反応は、アイリスの予測した中でもわりと最悪なほうだ。

その上で、自分の予測が合っているのか念押しで確認する。

彼の返答は肯定だった。

「父上にこっぴどく怒られたのだ。自分が内容を知りもしない研究の成果を、自分のもののように振る舞うとは何事か、と！　おまえがそうなるように仕組んだのだろう！」

「いいえ、わたくしはそのような企みはしていません。それにいま、ザカリー王太子が自分でおっしゃったではありませんか。自分が内容を知りもしないことが原因だ、と。わたくしはこの一年、毎月必ず報告書をお送りいたしました。それを読んでいないのですか？」

アニタがかかわっておらずとも、王太子側の誰かの妨害という可能性もある。むしろ、それくらいしか思い浮かばないというか、それ以外考えたくないとアイリスは溜息を吐く。

だが――

「あのように文字ばかりの報告書をいちいち読んでいられるか！」

もはや疑う余地はなく、同情する余地もない。今回の一件は、怠惰な彼が招いた自業自得だ。それを理解したアイリスは瞳に諦《あきら》めの色を浮かべた。それからぎゅっと目を閉じて、どうするべきか思いを巡らす。その次に開いた彼女の瞳からは、あらゆる感情が抜け落ちていた。

「わたくしは最初に申し上げました。貴方が判断するのだ、と。だからこそ、貴方の成果になる、と。それを報告書一つ読まないで、それを当然のように振る舞う。陛下に叱られるのは当然ではありませんか」

「そ、そんなことは言わなかったではないか！」

「あの場にいたすべての者が理解していたことを、貴方は言われなければ分からないと言うのですか？　傀儡の王には、言われるままに動く王にはなりたくないと言った貴方が？」

「そ、それは……」

ザカリー王太子は言葉を詰まらせた。条件反射のようには言い返してこない。それはつまり、プライドが邪魔しているだけで、アイリスの言葉を理解する頭はあるということだ。

だが、だからこそ、アイリスは彼が心を入れ替えることを願って言葉を重ねる。

「傀儡の王になりたくないというのならば自分で考えなくてはいけません。分からないのなら家庭教師の先生に聞くべきです。そうすれば、報告書を読む必要性を理解できたはずです」

「あ、あのように長い報告書を読んでいられるか！」

「ならば、側近に要点を纏めさせればよろしいのです。必要最低限、なにをしているかの概要だけでも知っていれば、さきほどのような状況など簡単に躱《かわ》せたでしょう」

「そ、それは……」

「他にもいくらでも誤魔化《ごまか》しようはありました。だけど殿下は、誤魔化す必要にすら気付いていなかった。そんな様《ざま》で、立派な王になれると思っているのですか？」

王として失格だと、アイリスは言い放った。

その言葉に、ザカリー王太子は顔を真っ赤にする。

「き、貴様、俺はこの国の王太子だぞ！」

「わたくしはその妃となり、王太子を支える賢姫です。わたくしに支えられるのがお嫌なら、ご自身の足でお立ちください。それも出来ないとおっしゃるのなら……」

目を細め、ザカリー王太子の顔を見据《みす》える。

「で、出来ないならどうするつもりだ？」

「ご心配なく。王太子殿下はいままで通りの楽しい日々をお過ごしください。王に必要な役割はすべて、わたくしが肩代わりいたしますわ」

傀儡の王ではなく、お飾りの王になれ、と。

その言葉は氷の刃となってザカリー王太子の胸に突き刺さる。

アイリスに課せられた役目は、王太子を支えること。だがそれは王太子の幸せのためではなく、この国で暮らす者達の幸せのためだ。王太子が国を運営できるように支えるのであって、王太子の我が儘を叶えるために存在しているのではない。

だからこその、ザカリー王太子をお飾りの王にするという選択。

けれどそれは最後の手段だ。

彼が変わらなければそうするしかなくなるが、そうしたいと思っての言葉ではない。アイリスは、彼が奮起して変わることを願っていた。

アイリスとて、自分の夫となるべき者と敵対したいと思っているわけではない。王太子の婚約者となることで、アイリスは多くのものを諦めた。

それでも、彼が変わってくれるなら……と。

だが、彼はなにも答えず、その場を立ち去ってしまった。


結果から言ってしまえば、彼は変わろうとしなかった。それどころか、この日を切っ掛けに、友人や恋人達との遊びに興じるようになる。

アイリスが王太子より婚約を破棄される数ヶ月前の出来事である。

——月日は流れ、アイリスはレムリア国へと渡った。

フィオナの家庭教師となり、アルヴィン王子のウザがらみに辟易《へきえき》したり、前世では救えなかった者達の命を救って感謝されたりと、実に波乱の日々を送っていた。

そんなある日、様々な功績のお礼にと薬草園を賜った。

「この薬草園をわたくしの好きにしてよろしいのですか？」

「もちろんだ。これはおまえの薬草園だからな。ただ、なにかあれば報告は俺にして欲しい」

いまのアイリスの雇い主はアルヴィン王子だからという話。

薬草園が王城の中庭にある以上、しごく真っ当な指示。だがその当たり前の指示にわずかな感動を覚えた。ザカリー元王太子の下にいた頃には考えられなかったことだからだ。

「かしこまりました。どのくらい詳細に報告すべきですか？」

「おまえの負担にならないレベルで可能な限りだ。基本的におまえのことは信じているが、雇い主としては状況を把握しておく必要があるからな」

アイリスの頬が緩みそうになる。

それに対してアルヴィン王子が補足したのは、手柄を奪うつもりもなければ、邪魔をするつもりもないという言葉。そして、なにかあったときの防波堤になるという言葉。

ザカリー元王太子の下では決して得られなかった言葉だ。

後ろ手に手を組んだアイリスは破顔して、無邪気な顔でアルヴィン王子を見上げる。

「王子はなかなかやりますねっ」

書き下ろし
番外編②

リゼル王の苦悩

リゼルの王、フレッドは頭を抱えていた。レムリア国や、アイリスと連絡を取り合っているアイスフィールド公爵から、次々と頭の痛い報告が入ってくるからだ。

最初に歯車が狂ったのは、王太子である息子がアイリスとの婚約を破棄したことである。

第二王子に比べ、第一王子のザカリーには能力が不足していることを理解していた。

だがそれでも、第一王子という肩書きは大きい。第二王子を王太子に選べば国が揺れる。それよりは、ザカリー王子に優秀な妃を付けることをよしとしたのである。

(思えば、それが失敗だったのであろうな)

とはいえ、それは結果論だ。

あるいは、ザカリー王子の愚かさを見誤っていたということだろう。少なくとも、アイリスが王妃になれば、能力の不足は補えたはずなのだから。

だが、ザカリー王子は勝手にアイリスとの婚約を破棄してしまった。それだけでも度しがたいのに、アイリスを振ったのだと自ら喧伝《けんでん》する始末である。

それがなければ、フレッドは即座に第二王子を王太子に据《す》え、それに伴ってアイリスを新たな王太子の婚約者に据えるという方針を採ることが出来た。

アイリスは聡明な賢姫である。

こちらの思惑を理解し、ザカリー王子を支えようとしてくれていた。筋さえ通せば、王太子の変更に合わせた婚約者の変更を受け入れてくれたことだろう。

だが、あのような失態を重ねれば、そのようなことを言い出せるはずがない。

とにかく、いろいろと手遅れだった。けれど、起こってしまったことは仕方がない。アイリスが国を捨てるのではなく、建前上は大使として隣国に渡ると言ってくれたのは僥倖《ぎょうこう》だった。

フレッドは揺れる国を安定させるために尽力した。

しかし、だがしかしである。

しばらくして、ザカリー王子が再びやらかした。

レムリアの次期女王の誕生パーティーに出席させた折、そこで出くわしたアイリスに食ってかかり、あげくは止めに入ったアルヴィン王子にまで暴言を吐いたというのだ。

その報告を受けたとき、フレッドは三度聞き返した。そして三度目の報告を聞き終えた後、無言で顔を覆って天を仰いだ。

ザカリー王子をフィオナ王女の誕生パーティーに出席させたのは政治的な判断である。

自国の醜聞《しゅうぶん》を隠すには、出来るだけいつも通りに振る舞う必要があった。後継者争いを起こさないためにも、ザカリー王子をパーティーに出席させる必要があったのだ。

それに、王女の家庭教師になったアイリスがパーティーに出席していることが予想外ならば、アルヴィン王子のパートナーを務めていることは想定を超えていた。

ましてや、反省したはずのザカリー王子が、隣国のパーティー会場でその国の王子や、王子のパートナーを務めるアイリスに食ってかかるなど夢にも思わない。

無難に出席して、無難に帰国させる予定だったのだ。

だが、結果として王太子は凄絶にやらかした。本来であれば国際問題に発展するところだったが、アイリスの仲立ちによって事無きを得る。助かったのは事実だが、それだけ優秀なアイリスを隣国に取られたことを痛手だと思わずにはいられなかった。

ともあれ、これ以上は見過ごせないと、フレッドは第二王子を王太子に変更した。

ザカリー王子が失態を重ねたことで求心力を失っており、目立った後継者争いが起きなかったことだけが救いと言えるだろう。

だが残念ながら、事態はそれだけにとどまらない。

しばらく経《た》って、アイリスがレムリアの干ばつ被害を防いだという報告が入った。それだけなら問題はないが、その際に使われたのがリゼルで開発された最新式の水車だったのだ。

国の重鎮達から、アイリスが国の機密を漏洩《ろうえい》しているという指摘が入るのは必然である。

だが、アイリスは勝手に国を出奔したわけではない。

そもそもの原因がこちらにある以上、あまり強いことは言えない。というか、強気に出たとしても、賢姫を完全な意味で縛ることなど不可能だ。

賢姫は国の象徴、そして――建国の王が従えていた精霊を従える存在。王はあくまでもフレッドだが、精霊が介入すればその前提が覆りかねない。

アイリスを下手に怒らせれば、リゼル国にとってマイナスにしかならない。アイリスに対して一部の者が不満を抱いたのも事実だが、それを抑え込んでの静観が決定した。

だが、ほどなくして新たな報告が入ってくる。

アイリスがレムリアの国王と王女の命を救い、薬草園を賜ったという報告である。

まず、王族の命を救うというところからして理解に苦しむ内容だ。だがそれより重要なのは、アイスフィールド公爵を経由して届いた報告に詳細が書かれていたことだ。

そこには、栽培できないはずの薬草を薬草園で栽培する旨が記されていた。

慌てて調べるも、国の研究者達も知らない技術だった。同時に発覚したのは、ザカリー王子の作った研究所のトップが、実質的にアイリスだったという事実である。

アイリスがかかわっていたとは知っていても、すべての研究にかかわっていたとは思っていなかった。新型水車の開発者も、開発できたのはアイリスのおかげだと口にしたらしい。

ここに来て、フレッドは無論、国の重鎮達はいやでも理解した。

アイリスがリゼル国の機密を漏洩しているわけではない。リゼル国が放逐《ほうちく》したアイリスという存在こそが、リゼル国にとっての機密そのものだったのだ――と。

すぐに国を運営する上での重鎮達が集められ、対策会議が開かれた。

最初に上がったのは、アイリスを帰国させるべきだという意見だ。

国の強権を発動してでも連れ戻すべきだという声が上がった。

だが、賢姫という存在はある程度の自由裁量が許されている。

彼女を縛ることが出来るのは婚姻による鎖だけである。その鎖を王室が自ら断ち切った以上、彼女に帰国を強制することは難しい。

過激な者達が、連れ戻せないならば秘密裏に葬《ほうむ》るしかないと口にする。だがそれはもっとも愚かな選択だ。この際、倫理的にどうのという問題は置いておく。その上で自国の利益を考えても、その選択はあり得ないとしか言えない。

いまは隣国に渡っていても、アイリスは紛《まぎ》れもなくリゼル国の象徴である。そんな彼女が隣国で死亡するようなことがあれば、確実に隣国との関係が悪化する。

しかも、アイスフィールド公爵に気付かれでもすればおしまいだ。

そもそも、アイリスは賢姫だ。知謀に長《た》け、自衛の手段にも長けている。加えて、レムリア国が自国に利益を生み出す彼女を護《まも》らないはずがない。

失敗して、アイリスとレムリア国の反感を買う未来しか見えない。あまりに愚かな発言をした者達は、間違っても先走らぬようにと釘を刺された。

そうして話し合いが続く中、アイリスがフィストリアを顕現させたという情報が飛び込んでくる。フレッド達はその報告を三回聞き返した。

そうして三度目。自分達の耳がおかしくなったわけではないと知り、無言で天を仰ぐ。それほどまでに、精霊を顕現することはとんでもないことなのだ。

歴史上、精霊を顕現することが出来たのはわずか数人。初代賢姫と同じ力を有する彼女は、賢姫によって建国されたこの国にとって一等特別な存在となる。

そんなアイリスが隣国にいる。痛すぎる事実だ。

もしもここで、隣国の剣姫までもがアストリアを顕現させる力を付けるようなことがあれば、両国のパワーバランスは大きく崩れることになるだろう。

もっとも、剣姫と賢姫が同時に初代と同等の力を身に着けるなど、万に一つもあり得ないことだ。よって、ここで重要なのは、アイリスの一件にどう対応するかである。

話し合いの末、アイスフィールド公爵が招喚されることとなった。

――一方その頃、アイスフィールド公爵もまた頭の痛い娘の報告書に溜め息を吐いていた。

彼は娘からの手紙に加え、かつてアイリスの側仕《そばづか》えを務めていたメイド達と情報を共有しているため、おおよその状況は把握していた。というか、把握しているがゆえに、娘の自由奔放《ほんぽう》ぶりに頭を悩ませていた。いくらなんでもやりすぎだろう、と。

たとえば新型の水車。

壊れにくい水車の登場で、いままではコストが見合わなくて断念していた地域にも水車が導入されるようになった。それによって作物の収穫量は増え続けている。

だがいままでとて、平時は民が飢えないだけの食糧は確保できていた。豊かになったのは事実だが、だぶつく作物が発生するのもまた事実である。

余った食料は主にレムリア国に輸出する予定だったのだ。

だが、アイリスがレムリア国に水車を導入したことで話は変わる。レムリアでも食料がだぶつくようになれば、わざわざリゼルから買い付けをする必要はなくなってしまうからだ。

しかも、アイリスは他にも多くの技術をその頭の中に保持している。それらをいまの調子で広めていけば、レムリア国はあっという間に食糧事情を改善してしまうだろう。

あるいは、賢姫を得たレムリア国が国力でリゼル国を上回ってしまうかもしれない。

「あやつめ、ちょっとはこちらの事情を考えろ」

アイスフィールド公爵がぼやくのも無理からぬことだろう。

だが、そんな愚痴《ぐち》を手紙にしたためて送ったところ『食料が余るのなら、家畜の餌にすればいいのです。詳細はアニタに聞いてください』という返事が送られてきた。

「は、はは……なるほど、たしかにその通りだな」

もちろん、少し考えれば分かることだ。自分は冷静ではなかったようだと、アイスフィールド公爵は溜め息を一つ。しかし、指示を出してあるとはどういうことかと首を傾げた。

結果、アニタを問いただすと、既にアイリスから指示を受け取って、アイスフィールド公爵領で畜産業を始めているという答えが返ってきた。

近々食料がだぶつきそうないま、非常に嬉しい報告ではある。

あるのだが——

「なぜ、領主であるわしに報告していないのだ？」

思わずジト目で尋ねると、アイリスの個人事業だからという答えが返ってきた。

アイリスは賢姫として様々な事業に手を出していたが、そのすべてを残してレムリアに渡った。アイリスの残した財産を、その右腕であるアニタが運用していたというわけだ。

「……本当に好き放題だな、あやつは」

父である自分にすら伏せていたのは、王太子とのいざこざで没収されることを警戒してのことだろう。あるいは、国外に追放されるケースまで想定していたのかもしれない。

だが、それを自分に打ち明けた。

それはつまり、アイリスを取り巻く状況が改善している証拠だろう。あるいは、自分がそれだけ、娘から信頼を勝ち取った証《あかし》とも言える。

そう判断したアイスフィールド公爵は、ひとまず納得することにした。その上で、家畜を殖《ふ》やすことを計画する。だが国への報告はまだしていない。

いずれは国も食料がだぶつく可能性に行き着くはずだが、今年はレムリアが水不足で少し不作だったりと問題が表面化していないため、国はその問題に気付いていない。

いまのうちに、アイスフィールド公爵領が有利になるようにことを運ぶ。アイスフィールド公爵は、娘に対する国の仕打ちをまだ許していなかった。

そんなわけで、アイリスと手紙のやりとりをしながら様々な改革を進める。そんなある日、国からアイリスのことで招喚を受けて王城へと足を運んだ。


「陛下の命により参上いたしました」

アイリスの父親の登場に、重鎮達が期待の眼差《まなざ》しを向ける。だが、アイリスを消すべしと発言していた大臣が、アイスフィールド公爵に向かって言い放った。

「そなたの娘が、隣国でずいぶんと好き勝手にやっているようだな」

その言葉にアイスフィールド公爵は目を見張って、静かに周囲を見回した。その上で、溜め息交じりに肩をすくめて見せた。

「……仕方ありません。この国は娘にとって窮屈《きゅうくつ》だったようですから」

薬草園の一件など、アイスフィールド公爵からもたらされた情報もある。すなわち、彼はすべてを知っている。その前提のもとに、機密を漏洩する娘の責任を取れと大臣は責め立てた。

それに対しての答えがいまの一言、おまえ達が娘にこの国を捨てさせたのだと返したのだ。

いきなり険悪なムードになり、フレッドは慌てふためいた。

「大臣、口が過ぎるぞ」

フレッドは大臣を叱りつける。アイスフィールド公爵は、いま国内で唯一、アイリスを交渉のテーブルに引っ張ってこられる人物である。そんな彼を敵に回すなど愚かなことだ。

交渉を不利にした大臣は後日、フレッドによって責任を取らされることとなる。

だが——フレッドが大臣を叱りつけた後も、アイスフィールド公爵の機嫌は直らない。彼は大臣の発言の後、一呼吸置いてから反論した。

つまり、その瞬間にもフレッドが大臣を諫めるタイミングはあった。

そのときに諫めなかったのは、大臣の発言にアイスフィールド公爵が下手に出て、こちらの有利に運べるかもしれないとわずかでも思った証拠である。

それを、アイスフィールド公爵に見抜かれているのだ。それを理解したフレッドは息を吐き、アイスフィールド公爵に向かって頭を下げる。

「招喚に応じてくれたそなたに対してすまないことをした」

「大変な苦労をしていると聞き及んでいます。彼らが取り乱すのも無理からぬことでしょう」

なぜそんな状況になったのかはともかく——という副音声が聞こえてきそうな返事。だが、アイスフィールド公爵はそう言いながらも、わずかに表情を和《やわ》らげた。

相手が聞く態勢に入ったと理解し、フレッドは言葉を続ける。

「息子がそなたの娘にしたこと、水に流せとは言わぬ。だが、このままでは両国のパワーバランスが崩れてしまう。それはアイリスの望むところなのか？」

「いいえ、陛下。あれはやりたいことをやっているだけです。もしもレムリアに渡らなければ、王太子の一件がなければ、リゼルで同じようにしていたでしょう」

「そう、か……」

それはおそらく事実なのだろう。

だが、だからこそ、おまえ達が追いやったせいだと言われた気がして唇を噛む。そうして黙り込むフレッドを前に、アイスフィールド公爵が続けた。

「あれは、本当に好き勝手やっているだけですよ。わしは娘から届いた手紙を見て、心の底からそう思いました。薬草園の件、リゼルの研究者を受け入れる用意がある、と」

「……なにを、言っておる？」

言葉の意味が理解できなかったわけではない。

だが、アイリスがリゼルの新型水車をレムリアで作ったことで問題になったように、いくら友好国であろうとも、技術を無闇に教えることなどあり得ない。

たとえアイリスが許可を出したとしても、レムリア国が認めるはずがないのだ。

にもかかわらず、アイスフィールド公爵は受け入れる用意があると口にした。つまりは、レムリア国の許可を得ているということに他ならない。

「三度《みたび》繰り返しますが、あれは好き勝手にやっているだけです」

「なるほど、好き勝手か……なるほど」

自分も好き勝手にすることが出来ればどれだけ幸せか――とフレッドは天を仰いだ。

書き下ろし
番外編③

クラリッサの甘ったるい一日

わたくしの名はクラリッサ、とある貴族の娘です。アルヴィン王子とは昔馴染みで、専属メイドとして、秘書のような役目を賜っています。

——と、ここまで説明すると、アルヴィン王子のファンによく警戒されるのですが、私とアルヴィン王子のあいだに男女の感情はありません。どちらかと言えば、同じ系統の苦労をした仲間ですね。その話を始めると長くなるので割愛しますが、とにかく私はアルヴィン王子の忠実なメイドです。

だからこそ、アイリスさんと出会ったときは度肝を抜かれました。

面と向かって顔を合わせたのは帰国する馬車の中だったのですが、眠っているアイリスさんにアルヴィン王子がちょっかいを出したところ、目を開けるなり「ぶっとばしますよ」と。

たしかに、眠っている女性の髪に触れるのはどうかと思います。その点に関してはアルヴィン王子に非がありますが、普通、王子に向かってぶっとばしますよなんて言いますか？

正直、とんでもない令嬢が来たものだと思いました。

もっとも、そういう意味では完全な誤解。なぜか、アルヴィン王子に辛辣《しんらつ》であるという一点さえ除けば、アイリスさんはとても素敵なご令嬢でした。

ええ、それはもう。ファンクラブを作るくらいには。

そんなアイリスさんですが、レムリア国に来ても相変わらずアルヴィン王子に辛辣です。他ならぬアルヴィン王子が許しているのでなにも言いませんが、普通なら絶対不敬罪です。

そして今日も――

「アイリス、ちょうどいいところに。おまえに頼みがある」

「申し訳ありませんがお断りいたします」

王城の廊下。出会い頭《がしら》にアルヴィン王子から頼み事があると言われたアイリスさんが即座にお断りいたしました。それに対して、アルヴィン王子が口をへの字にします。

「……申し訳ないと思うのなら、せめて事情くらいは聞いたらどうだ？」

「いえ、申し訳ありませんが、事情をうかがうのをお断りします」

にっこりと笑顔で言い放ちます。

ええ、もうなんていうかね？　笑顔で言えばいいというものではないと思うのです。私はいつものことなので気にしませんが、隣にいる同僚のメイドがぎょっとしています。

「取り付く島もないな。フィオナのことで相談したかったのだが仕方ない。他のヤツに頼むとしよう。悪かったな、引き止めて」

「なにをおっしゃっているのですか、アルヴィン王子。一度はわたくしに頼もうとしたのだから、そんなに簡単に諦めないでくださいっ」

見事な手のひら返しですね。

フィオナ王女殿下の家庭教師という地位を狙っていた令嬢の多くは、アルヴィン王子とお近付きになるのが目的だったのですが、アイリスさんはまったく違いますね。

その点は非常に好ましく思えるのですが、見ていてハラハラいたします。ですが、案の定といいますか、なんと言いますか、アルヴィン王子は楽しげに笑いました。

「まったく、おまえは本当に分かりやすいヤツだな。頼みというのは他でもない。もうすぐフィオナの誕生日だろ？　そのプレゼント選びについて相談したくてな」

「フィオナ王女殿下の欲しがりそうなものですか？　……剣、とか？」

「たしかに欲しがりそうだが、もう少し他にないか？」

「暗器の類いはいかがでしょう？」

「……誰か別のヤツに相談したほうがよさそうだな？」

呆れ眼のアルヴィン王子に対して、アイリスさんがクスクスと笑いました。

「わたくしとしては、フィオナ王女殿下が本当に喜ぶ品を上げたつもりですよ。でも、そうですね……。もう少し女の子らしい品がよろしければ、お洋服などいかがですか？」

「洋服？　ドレスとかのことではないのか？」

「いいえ、もう少し平民向けの服装です。フィオナ王女殿下は剣姫として遠征することもございますし、お忍びで出掛けることもあるでしょう？　そういうときに着られる服です」

「なるほど。それはいい。ではさっそく服飾店まで付き合え」

「……いえ、まぁ……いいですけどね」

強引なアルヴィン王子に、アイリスさんは苦笑いを浮かべて応じました。

――というわけで、アルヴィン王子とアイリスさんは、平民の坊ちゃんお嬢様に扮《ふん》し、私はそんな二人のメイドとしてお忍びで城下町へと繰り出します。

護衛は……一応少し離れて同行することになっていますが、正直なところ不要でしょう。このお二人なら、騎士団くらいは相手取っても押し切ってしまいそうですからね。

「それで、服飾の店というのはどこにあるのだ？」

「あちらです」

アイリスさんが迷いのない足取りで進みます。レムリア国に来てからまだそれほど経っていないはずですが、城下町にまで詳しいのはなぜでしょうね？

一応、隣国からの賓客《ひんきゃく》として監視を兼ねた護衛が付いているはずなのですが、私はアイリスさんが城を抜け出したという報告は受けていません。本当に不思議です。

理由は分かりませんが、アイリスさんは表通りにある服飾店の前で足を止めました。どうやら目的のお店のようです。

……なるほど、たしかに素敵なお店のようですね。

もちろん、取り扱っているのは平民向けのお洋服ですが、ディスプレイされている洋服のデザインはとても洗練されています。これならお忍びのフィオナ王女殿下はもちろん、貴族の娘である私が普段着としてもおかしくないレベルでしょう。

そんなことを考えながら店に入ると店員が駆け寄ってきました。

「これはこれは、ようこそいらっしゃいました」

「知り合いから噂を聞いて来ました。お洋服を見せていただけますか？」

店員の挨拶に、アイリスさんがするりと割り込みました。さきほどの店員の振る舞いはおそらくVIPを相手にしたものでした。アイリスさんの言葉はここに来るのが初めてであることを示唆していましたが……もしかして、日常的にお城を抜け出してるわけじゃないですよね？

相手の反応からなにか分からないかと注視しますが、店員も「かしこまりました。貴女様のお洋服でしょうか？」と対応を始めます。

……まあ、その件を調べるのは後でいいでしょう。アイリスさんが抜け出していたとしても、防犯上の問題以外には特に問題ありません。その辺は信頼していますから。

「アイリス、こちらの服はどうだ？」

「そうですね。では、こちらのスカートと合わせるのはいかがでしょう？」

二人がフィオナ王女殿下のお洋服を選び始めます。

妙に息が合っていて、真剣な顔でコーディネートをしています。それこそ、お店にあるあらゆる服の組み合わせを試す勢いですが、見ていてとても微笑ましく思えます。

付き合わされている店員も嫌な顔一つしていません。

――というか、店員が二人の様子を微笑ましい顔で見守っていますね。私も同じような顔をしている自覚はありますが、この店員は何者でしょう？

「この肩出しのブラウスはなかなか愛らしいな」

「たしかに。ですが、フィオナ王女殿下が肩出しのお洋服を着るのは、悪い虫が付かないか心配になります。下に薄手のブラウスを着るのはどうですか？」

「それはいいな。では、スカートはこの生地を重ねたティアードのフィッシュテールにしよう。これなら女の子らしさを保ちつつ、戦闘で邪魔になることもないだろう」

「はい、いいと思います」

……ときどき、突っ込みたくなるようなセリフが混じっているのですが、お互いまったく気にしていない、というか同意見のようですね。

様々な組み合わせを見ていたわりに、決定するのはかなり早かったです。では会計を――と思ったところで、アルヴィン王子が待ったを掛けました。

「アイリス、おまえにもプレゼントしてやろう」

「いえ、いりませんが」

「フィオナとお揃いだぞ？」

「そういうことならぜひお願いします」

アイリスさんが無邪気に笑いました。自国では笑わない賢姫と呼ばれていたそうですが、とてもそうは思えません。むしろチョロイ――と思わずにはいられません。

いえ、まぁ……いいんですけどね。
今日はこの甘ったるいやりとりを存分に楽しく鑑賞するといたしましょう。

あとがき

『悪役令嬢のお気に入り　王子……邪魔っ』の二巻を手に取っていただきありがとうございます。イラストの完成度が高くてご満悦の緋色《ひいろ》の雨《あめ》です。

さっそくですが、今回のイラストはもうご覧いただけたでしょうか？

表紙、カラー口絵、モノクロ挿絵と、どれもこれも素晴らしい出来で、いつもならこれがイチオシという一枚があるんですが、今回はどれもイチオシレベルで選べませんでした。

みなさんも気に入っていただけていたら嬉しいです！

話は変わりますが、今作は好評な滑り出しで、三巻も問題なくお届けできそうです。

いやぁ、凄いですね。今作は緋色の雨の八シリーズ目になるんですが、『次巻も問題なくお届けできそう』なんて表現をあとがきで使ったのは初めてだと思います。

という訳で、三巻の舞台は再び王都へ。魔王の魂についてや、タイトルに悪役令嬢という言葉が入っている理由も明らかになります。

それに、今作のメインキャラであり、作者のお気に入りである脳筋少女。王子がアイリスについて回るせいで、いっつも置いてきぼりを喰らっていたフィオナ王女も活躍します（笑なお、今作はコミカライズがスタートしています。

マンガの作画担当はしいなみなみ様。こちらも負けず劣らずの美麗なイラストで、原作の魅力を余すことなくマンガで表現してくださっています。

ＷＥＢサイト『ＰＡＳＨ　ＵＰ！』で連載しているので、ぜひぜひご覧ください。


最後になりましたが、イラストレーターの史歩様。

今回もイラスト素敵でした。キャラデザも素敵で、新キャラのデザインを見るのがとても楽しかったです。三巻でも引き続きよろしくお願いします！

続いて担当の黒田様。相談などで突然電話を掛けてすみません。他社の担当さんはわりと電話を掛けてくるので、私もすぐ電話がクセになっているんです（笑
色々とご迷惑をおかけしますが、今後ともよろしくお願いします。

その他、デザインや校正を始めとした制作に関わった皆様や、今作を手に取ってくださったすべての皆様、本当にありがとうございます。

三巻でも引き続きよろしくお願いします！

六月某日　緋色の雨

この本を読んでのご意見・ご感想・ファンレターをお待ちしております。
〈宛先〉 〒104-8357 東京都中央区京橋 3-5-7
（株）主婦と生活社 PASH！編集部
「緋色の雨先生」係
※本書は「小説家になろう」（https://syosetu.com）に掲載されていたものを、改稿のうえ書籍化したものです。

PASH! ブックス

悪役令嬢のお気に入り　王子……邪魔っ 2

2021年8月16日 1刷発行

著者	緋色の雨
編集人	春名 衛
発行人	倉次辰男
発行所	株式会社主婦と生活社 〒104-8357 東京都中央区京橋 3-5-7 03-3563-5315（編集） 03-3563-5121（販売） 03-3563-5125（生産） ホームページ https://www.shufu.co.jp
製版所	株式会社二葉企画
印刷所	大日本印刷株式会社
製本所	小泉製本株式会社
イラスト	史歩
デザイン	井上南子
編集	黒田可菜

ISBN978-4-391-15629-4